CONTES D'ICI ET D'AILLEURS

Amélie Dobie

Page couverture: Martin Dobie

Amélie Dobie

Dépôt Légal Bibliothèque et Archives Canada8

ISBN-978-2-9816634-6-7

À ma douce Sabrina et mon effervescente Jessica, avec tout mon amour de mère.

TABLE DES MATIÈRES

.

EN 1945 J'AVAIS DIX ANS

L'imagination hyperactive d'une fillette pendant la guerre

En ce moment, l'infanterie se mobilise silencieusement à l'entrée du salon, en vue de l'attaque prochaine. Nous profitons de l'absence du général des troupes ennemies (maman, bien sûr !) qui est partie avec son garde du corps (papa) et d'autres officiers, car c'est le souper communautaire du cercle de fermières ce soir. Nous devons prendre possession de l'endroit et nous emparer d'une pièce d'artillerie lourde appartenant à l'adversaire.

Dès la tombée de la nuit, nous traverserons l'avant-poste et ce ne sera pas difficile car ils dormiront tous. Malheureusement, je suis actuellement confinée dans mes quartiers (ma chambre) parce que la tortionnaire (notre gardienne) m'a surprise à manger avec notre chien Jasper, le vieux biscuit sec qui traînait depuis une semaine au fond de la jarre à galette. Alors j'investis ce temps à réfléchir à ce plan vraiment infaillible.

Franchement, c'est plus pénible que je ne le croyais. Avant de me mettre en marche et de rejoindre le reste des troupes, toujours campées devant le salon, il m'a fallu sortir de mon lit dont les ressorts usés me prouvent à chaque mouvement qu'ils ont connu plus pesant et meilleurs jours, sans réveiller mes trois sœurs. C'est un peu embarrassant mais faute d'espace nous dormons dans la même chambre. Cela pourrait être pire. Je pourrais être logée avec la division des névrosés (la chambre de mes frères) et il y sent mauvais en plus.

Maintenant, je passe l'épreuve de force : ne pas me faire repérer par les craquements du plancher de bois tout le long du corridor, puis de l'escalier. Je m'étais déjà adonnée à cet exercice qui n'a plus de secret pour moi. Grâce à mon entraînement intensif, j'évite tous les endroits piégés, saute par-dessus des mines et me faufile saine et sauve jusqu'au reste du bataillon. J'arrive à la dernière partie de mon plan qui consiste à allumer le petit bout de chandelle qui se trouve sur la table de la cuisine et ensuite, ma destination : le grand salon.

Après avoir ouvert la porte avec précaution, nous entrons et déployons notre régiment avec ordre et stratégie. J'approche la flamme vacillante de la table claire au centre de la pièce, secondée des autres fantassins. Nous sommes proche du but ! Ensuite, nous soulevons avec hésitation la cloche de verre protectrice et la déposons délicatement à côté du service à thé. Nous entrons maintenant en terrain connu. Nous restons un moment en extase devant la forme ronde comme une bouche d'obusier et la blancheur crémeuse de l'objet tant convoité. Pour conclure avec succès cette mission, une des plus secrètes et des plus risquées qui nous aient été déléguées, je saisis une des cuillers du service à thé et en prend définitivement possession. Puis, je savoure ma victoire avec délice. Soudain, la bougie rend l'âme dans un grésillement. Plongée dans l'obscurité, j'entends un murmure s'élever dans nos rangs. La peur les saisit, on crie à la trahison. Une mutinerie se trame. Je crois que je devrais élever le ton et faire taire cette voix de la conscience qui m'embête.

Quel soulagement ! Je suis bien contente que tout cela soit fini. Mais ce que j'ai souffert d'angoisse hier ! C'était le vrai branle-bas de combat. L'armée était dans la confusion totale, courant à droite et à gauche. Suivant les premières vagues de l'insurrection, ce fut un raz-de-marée. Nous avons essayé de réparer les dégâts mais on aurait dit un champ de bataille. Après la retraite en catastrophe du reste de nos forces, je crois que je n'ai pas beaucoup dormi du reste de la nuit. Je me voyais déjà entre les mains de l'ennemi, la hache s'abattant sur ma tête (la grosse cuiller de bois sur l'arrière-train).

Or, ce matin, après avoir suivi avec intérêt le bruit des déplacements du chef des opposants, je l'entendis finalement pénétrer dans le grand salon et pousser un cri retentissant. Toujours criant et gesticulant, elle monta les escaliers quatre à quatre. En coup de vent elle ouvrit la porte de notre chambre et resta plantée là, à bout de souffle. Je me faisais minuscule dans le lit, emmitouflée jusqu'aux yeux, les poings serrés autour de mes couvertures. Mon cœur battait aussi vite qu'une décharge de Kalachnikov mais faisait plutôt un bruit sourd de bombardement. Malgré mes efforts pour me contrôler, ma respiration s'affolait comme si j'avais couru avec un sac de sable de quarante livres sur le dos pendant une heure. La sueur coulait sur mon front et dans mon dos comme en plein soleil de midi. Mis à part ces détails, un mort n'aurait pu être plus rigide que mon petit corps recroquevillé comme sur un grabat de charbons ardents. L'attente du coup final semble toujours interminable.

Enfin, ce général que j'avais imaginé m'exécutant de trente-six façons différentes quelques heures auparavant vient de faire une déclaration de paix qui m'innocente totalement. En effet, il semblerait que, pendant son absence hier soir, quelqu'un eut oublié de fermer la porte du grand salon. Ainsi, notre merveilleux chien Jasper aurait profité de cet oubli pour manger le succulent gâteau au fromage destiné à l'exposition de courtepointes du cercle des fermières qui aura lieu aujourd'hui même. Nous avions un allié insoupçonné qui nous a apporté une aide opportune. Quelle chance ! Mais le pauvre Jasper sera quand même en geôle, au pain sec et à l'eau jusqu'à la fin de la semaine. L'armée saura par contre lui montrer sa reconnaissance en lui refilant les restes de table du généralissime. Et moi, tordue de rire, je passe du grade de simple soldat à celui de capitaine, car, à moins que je n'explose sur une mine et qu'on retrouve des restes de gâteau au fromage, qui pourra déclarer avec certitude que j'étais aussi coupable que Jasper ?

VORKOUTA

Vorkouta, Russie, au nord du cercle polaire

Plus de mille kilomètres des quelques 2300 kilomètres la séparant de sa destination son parcourus. Le train qui a quitté Moscou la veille roulera encore une autre journée entière avant d'atteindre Vorkouta. Vorkouta. Autrefois épicentre des Goulags de Staline, on y mine maintenant paisiblement le charbon. Ville d'environ 80 000 habitants, on en dit qu'elle n'a pas son pareil en hideur. Anja pourra s'en faire sa propre opinion dans vingt-quatre heures.

Appuyée contre le banc dans lequel son corps s'incruste de plus en plus, elle songe à ce qui l'attend. L'endroit est isolé mais elle ne craint pas la solitude. La vie y est rude? Anja s'en moque, elle qui a grandi dans les pires quartiers de la capitale entre une mère alcoolique et une série d'hommes qui ne restaient jamais bien longtemps. Menteurs, joueurs, abuseurs de toutes sortes de substances, hommes violents et manipulateurs, sa mère avait un don pour choisir les pires spécimens traînant les rues de Moscou. Ils la battaient fréquemment et Anja avait reçu des taloches à son heure, mais cela l'avait rendue plus forte, intrépide, plus apte à faire face à Vorkouta. Ça lui avait aussi enlevé toute confiance en quelque homme que ce soit. Elle avait des amis mais gardait toujours une saine distance émotionnelle et physique.

Les parallèles se succèdent et le train franchi la limite de la forêt boréale qui fait place à la taïga puis à la toundra. Anja est attirée par ces vastes étendues presque désertiques, sauvages, comme le marin est attiré par l'immensité de la mer. Elle voit par la fenêtre sale que les arbres sont courtauds, tordus par les éléments extrêmes s'acharnant contre eux. C'est comme les gens qui habitent le Nord. Ils sont faits pour résister aux froids intenses. D'ailleurs le froid est déjà installé pour de bon et ce n'est que la fin septembre. Cela ne décourage pas Anja qui admire les couleurs flamboyantes dont la toundra se revêt à l'automne.

Pourquoi le Nord ? Elle en a toujours rêvé. Depuis que sur son banc d'école son institutrice avait éveillée en elle une curiosité pour les mœurs et le langage des peuples nomades du Nord, le hasard avait continué de semer sur sa route de petits incidents anodins pour stimuler son intérêt : articles de journaux, documentaires sur les troupeaux de rennes ou un livre offert en cadeau. Pourquoi Vorkouta ? Cette ville semblait rassembler les conditions qu'elle recherchait : être très au nord, près des troupeaux de rennes et de leurs gardiens, et pouvoir y travailler. Pour l'emploi, Anja n'a jamais eu de difficulté à en trouver car elle est infirmière.

Après quarante-huit heures de train, ankylosée mais heureuse d'être enfin arrivée, Anja découvre une ville aux contrastes multiples. Les rues sont larges, illuminées et engageantes, parsemées d'hôtels et de marchés acceptables dans une partie de la ville tandis que dans d'autres quartiers, les ruelles sont plutôt sombres et délabrées. De grands bâtiments à l'architecture un peu démodée sont carrément abandonnés, silencieux vestiges de l'ère de Staline. Curieux mélange que cette concentration de vie et d'activité au milieu d'une telle désolation. La pauvreté tant géographique qu'humaine est telle que cela en ferait presque pleurer. Mais pas Anja. Cette rudesse la fascine. De plus, la ville offre beaucoup plus qu'elle ne l'avait espéré. Vorkouta possède un système de transport en commun, des musées, des lieux historiques à visiter. Anja sait qu'elle s'y plaira. Son travail pourra être épuisant, le taux de criminalité et de pauvreté inquiétant, le froid insoutenable, il y aurait toujours son « chez elle » et la bibliothèque municipale où se réfugier.

Bien installée dans son petit appartenant tout près de l'hôpital, elle est satisfaite d'elle-même et du déroulement des événements jusqu'à présent. Il lui reste à voir son horaire et lieu de travail, qui débutera dès le lendemain. Là encore, elle n'a pas de surprise. Pas assez de personnel, des heures supplémentaires, de l'équipement qui a été bricolé plus d'une fois pour accroître son espérance de vie, des moyens de fortune pour suppléer au manque de matériel médical quand le mauvais temps empêche le transport par air ou par terre. Elle adore mettre à l'épreuve son ingéniosité avec les ressources disponibles pour accomplir des résultats dépassant ses espérances.

Pourtant, l'hôpital est assez bien équipé et son personnel entraîné pour répondre aux besoins de la ville et des environs. Une salle d'opération pour rapiécer les gens après leur dispute de ménage ou les altercations entre gangs de rues ; une pédiatrie ; une psychiatrie, car vivre dans ces conditions d'exil et de climat extrême ne fait pas à tout le monde ; un département de médecine générale pour les diabétiques, cardiaques, tuberculeux, ceux qui sont à moitié mort de froid ou en sevrage d'alcool... Vue sous cet angle, quelqu'un réfléchirait deux fois avant de prendre sa vie entre ses mains et de visiter Vorkouta mais si ce quelqu'un reste sagement à son affaire et ne sort pas à des heures indues, c'est une ville comme une autre, mis à part le froid, et l'éloignement, et le coût des aliments.

Anja avait déjà vue des aurores boréales mais jamais comme celles irradiant le ciel de Vorkouta. Jouant entre le blanc, le jaune, le vert vibrant et le fuchsia, elles se déplacent comme de gigantesques cascades à travers le ciel, comme des rivières tumultueuses se précipitant à toute allure entre les parois d'un étroit canyon. À d'autres moments, il s'agit plutôt d'un long et gracieux rideau de théâtre, ondulant lentement au-dessus de sa fenêtre. Elle passe des heures à les observer.

Le reste de son temps libre se partage entre ses excursions et la bibliothèque. Elle aime marcher dans les herbes hautes autour de l'école abandonnée et des autres bâtisses élégantes à l'architecture recherchée mais à la gloire fanée. Chaque fois, elle s'aventure un peu plus loin et découvre une nouvelle beauté à ce paysage sauvage mais les collines herbeuses deviennent rapidement gelées et couvertes de neige. Anja s'achète de bonnes bottes et une garde-robe lui permettant de continuer ses expéditions.

Elle téléphone régulièrement à ses amis de Moscou qui lui manque mais elle ne regrette pas d'être venue à Vorkouta. Elle les fait rire avec ses anecdotes sur sa vie en Sibérie. Elle leur raconte l'histoire de ce vieil homme qui appelle au poste infirmier pour parler à sa femme hospitalisée afin de la consulter sur tout avant de prendre une décision. Il appelle parfois jusqu'à dix fois par jour ! C'est touchant, amusant et un peu exaspérant tout à la fois. Elle leur parle aussi des Nénètses, les gardiens de troupeaux de rennes, qu'elle a enfin vus de ses propres yeux. Elle admire leur ténacité face à un monde changeant, face au climat hostile, face aux pressions des gouvernements précédents qui ont tenté de les assimiler.

Anja est maintenant à Vorkouta depuis six semaines et amorce l'hiver, la saison la plus dure à part celle des moustiques. Personne ne croyait qu'elle serait restée si longtemps. Pourtant, elle s'y plaît dans cette ville.

C'est avec cette pensée et un sentiment de fierté qu'elle commence sa journée de travail. Sa liste de patients promet un quart de travail occupé. Entre autre, il y a deux bébés avec des bronchiolites sévères, fréquent à cette période de l'année ; un opéré de la nuit, une appendicite ayant perforée ; et un homme avec des engelures à chaque extrémité, peut-être un sans-abri.

L'infirmière chef la met en garde à propos de l'opéré. C'est la police qui l'a emmené la veille. Il a été trouvé inconscient dans une cage d'escalier d'un bloc-appartement dans un des plus douteux secteurs de la ville et il aurait, disait-on, un casier judiciaire très chargé. Anja devra se montrer prudente, lui parler le moins possible et rapporter tout visiteur suspect.

Des durs à cuire, Anja en a rencontré beaucoup. Celui-là ne l'inquiète pas du tout. Il peut être la terreur de son quartier mais il a l'air dépourvu de tous ses moyens dans l'étroit lit d'hôpital. Il est surtout très incommodé par la douleur de sa plaie et se tient tranquille. Elle l'observe en se préparant à changer son pansement. Il a certainement les traits des nomades habitant la région, mais lesquels ? Depuis son arrivée à Vorkouta, elle a appris qu'il y a des Nénètses de forêt, des Nénètses de toundra et des Komis. L'infirmière chef l'a assurée que d'ici la fin de son contrat d'un an, elle pourra reconnaître un Nénètse d'un Komi par leurs traits, leur maintien, leur accent. Elle deviendra anthropologue en herbe!

La peau de cet homme a la même couleur cuivrée que les gardiens de rennes mais il parait plus grand de stature que ces derniers. Il est assez musculeux aussi, et Anja commence à se le représenter comme un petit chef de gang de rues. Cet homme-là a manifestement du russe en lui aussi. Les pommettes de ses joues sont moins accentuées mais son nez, eh bien, il est carrément du type russe le plus pure. Dans son cas, ce n'est pas un heureux mélange et il a l'air plus vieux que ces trente ans. Peut-être a-t-il un père russe et une mère nénètse ? Est-ce pour cette raison qu'il a un mode de vie de renégat, frustré, prit entre deux mondes ? Est-il partagé entre perpétuer un mode de vie qui veut à tout prix rester traditionnel et adopter un autre qui évolue rapidement et change constamment ?

En bonne infirmière, Anja est empathique mais n'a pas le cœur sur la main. Elle ne se formalise pas de voir au-dessus de la plaie principale une deuxième plaie laissée ouverte et de laquelle s'écoule une quantité importante de pus verdâtre et visqueux. Elle presse gentiment de chaque côté pour en extraire le plus possible avant de refaire le pansement à neuf. À ce moment, son patient se met à gémir, plus de dégoût que de douleur.

« J'aurais préféré un coup de couteau vingt fois plutôt que d'être réduit à rien par une bête appendicite », se plaint-il.

Anja ne l'entend plus du reste de son quart de travail.

Le lendemain, il a meilleure mine et se montre plus communicatif. Lorsqu'Anja change son pansement, il pose amicalement la main sur son bras.

« Quel métier merveilleux vous faite, lui dit-il. Sans une parole, on apprend à se connaître, du bout des doigts. »

Anja ne sait que penser. Est-il poète, délibérément inapproprié dans ses propos, ou a-t-il trop reçu de narcotique pour contrôler sa douleur ?

Elle termine le pansement sans ménagement et est trop débordée pour repenser à cet incident.

Le jour suivant, il ne fait ni allusion ni excuse sur son comportement mais lui tend la main avec un sourire radieux.

« Bonjour ! Je m'appelle Bogdan. »

— Je sais », répond simplement Anja. Elle lui remet un verre d'eau avec ses antibiotiques, vérifie sa pression, change les draps, bref, elle fait tout pour repousser le changement du pansement. Elle ne veut pas encourager d'autre sortie du genre de celle de la veille et elle se garde bien de faire contact tant avec ses mains qu'avec ses yeux.

« Tu as peur de moi, dit Bogdan abruptement.

— Non. J'en ai déjà vu d'autres de votre genre.

— De *mon genre*, répète-t-il en imitant le ton pincé d'Anja. Alors, si tu n'as pas peur de moi, c'est que tu as peur de toi, sinon tu me regarderais quand je te parle. »

Anja sort de la chambre sans même lui répondre. Le lendemain, il n'est plus là. Il a pris son congé contre l'avis du médecin.

Les semaines s'écoulent et le temps se fait de plus en plus froid. Terminées les longues balades dans la ville. Même la radio locale met la population en garde contre les risques d'engelures. Anja passe donc plus de temps à la bibliothèque. Assises à même le plancher entre les rangées de livres, elle lit et relit classiques et nouveautés incontournables. Elle s'adonne à cette silencieuse communion avec ses livres favoris aussi souvent que possible pour se ressourcer et suppléer à son manque d'exercice et de compagnie.

Après avoir retourné un livre bien connu de Boris Pasternak, et se demandant pourquoi l'avoir relu (elle ne comprend pas du tout Youri et Lara !), Anja s'absorbe dans sa découverte de quelques volumes de Jules Verne. Elle feuillette Michel Strogoff, tentant de se familiariser à nouveau avec le héros stoïque de l'auteur. Elle n'a pas relu ce livre depuis sa classe de littérature. Il est tout comme elle se le rappelle : courageux, loyal, possédant une volonté indéfectible. Elle sourit en reposant le volume à sa place, satisfaite d'avoir renoué avec le livre et ses personnages comme avec de vieux amis qu'on rencontre par hasard.

Le livre a à peine rejoint les autres qu'un bras s'étend devant Anja et le saisit.

« Michel Strogoff », s'exclame avec ferveur la voix appartenant à l'homme qui a pris le livre.

Anja est choqué de reconnaître Bogdan, l'homme au casier judiciaire. Elle a une répulsion instinctive pour lui. Il profane la bibliothèque par sa présence et il ose même connaître les écrits de Jules Verne ! Quel sacrilège !

« Michel Strogoff, répète-t-il avec un plaisir évident. L'homme que je m'évertue à imiter ! »

Anja lui tournait déjà le dos et s'apprêtait à quitter ce rayon de la bibliothèque, espérant qu'il ne l'ait pas reconnue, mais le commentaire de celui-ci la surprend à un point tel qu'elle se retourne pour dévisager l'homme qui vient d'émettre cette énorme absurdité. Son expression n'échappe pas à Bogdan qui se met à rire, un rire profond et chaleureux.

« Bien sûr, tu ne comprends pas un traître mot de ce que je dis. Ce n'est pas grave. Tu parais mieux dans ces vêtements que dans ton uniforme d'hôpital, dit-il après l'avoir observé de haut en bas. Mais je comprends, si tu t'habilles laidement, c'est parce que c'est une protection pour toi, contre *mon genre* ».

Irritée au plus haut degré, elle bât pourtant en retraite. Cependant, elle ne veut pas perdre la face en quittant la bibliothèque ainsi. Anja se hâte donc vers la salle de bain. Elle y attendra quelques minutes, le temps de se calmer et d'être assez composée pour retourner lire paisiblement dans un coin peu fréquenté de la bibliothèque.

Il y a deux toilettes sur la gauche et un lavabo sur la droite dans la minuscule salle de bain. Un signe sur celle du fond indique qu'elle est hors d'usage et la porte en est fermée. *Au moins, il y en a une qui fonctionne et où je pourrai être en paix*, pense-t-elle avec reconnaissance. Lorsqu'elle referme la porte sur elle, une main s'interpose, prévenant ses intentions.

« Va-t'en !   Laisse-moi tranquille, rugit Anja hors d'elle en reconnaissant Bogdan.

— Dans un instant. Je viens me faire pardonner. »

Anja veut éviter cette nouvelle altercation mais ne peut pas, sans issue dans la salle de bain. Les yeux noirs la transpercent et il n'y a nulle part pour leur échapper.

« Mais pardonner de quoi, bon sang ! »

Une dame âgée entre dans la salle de bain, un peu troublée d'y trouver un homme.

« C'est occupé *Babouchka*. Reviens plus tard », dit-il en reconduisant la dame à la porte. Je n'en sais rien, poursuit-il en souriant à Anja, mais tu es fâchée. Pardonne-moi et je te laisse méditer, seule avec tes pensées dans cette étroite toilette.

— Quelqu'un doit faire des excuses avant d'être pardonné et laisse-moi sortir immédiatement. »

Elle pousse violemment la porte de son pied, coinçant les doigts de Bogdan.

Surpris par la douleur, il relâche sa prise sur la porte. Anja ne se soucie plus du tout de perdre la face et fuit directement de la salle de bain et de la bibliothèque. Elle ne veut pas avoir de problème avec les gangs de rue de la ville. Elle n'a nul besoin de complication dans sa vie, surtout avec un personnage obscur et problématique comme Bogdan Au-Casier-Judiciaire. Elle est plus intelligente que cela et elle a peur. Pour se calmer, elle fait trois fois le parcours entre la bibliothèque, le marché et son appartement, malgré la température de - 42 degrés Celsius.

Certains disent que le froid tue les germes mais Anja attrape une mauvaise grippe à la suite de cet incident. Chaque muscle lui fait mal, même sa peau, même ses dents. Sa tête semble sur le point d'exploser. Elle est souverainement malheureuse car confinée à son lit, elle ne peut ni travailler, ni même lire et il n'y a personne pour prendre soins d'elle, pour replacer ses couvertures, lui faire sa tisane ou lui donner ses médicaments. À ce moment-là, Anja regrette sa solitude et son isolement.

Quand elle est assez solide pour se remettre sur pieds, elle se rend aux bains de vapeur norvégien sur les recommandations de l'infirmière chef. L'impression de calme s'immisce en elle, tout comme l'odeur de pin et d'eucalyptus. Les brumes épaisses qui l'entourent emplissent son cerveau. Transpirant en silence, la chaleur détend ses muscles ankylosés et lui donne une sensation de légèreté qu'elle n'a pas ressentie depuis plusieurs jours.

Au plus fort de l'hiver, même par des températures frôlant les -40 degrés Celsius, la vie dans la ville continue. En décembre, les immenses sculptures de glaces donnent aux rues du centre-ville un aspect surréel. Plongés dans l'obscurité jour et nuit, les habitants poursuivent de leur mieux leurs activités quotidiennes. Anja n'a pas peur du froid ni de la noirceur perpétuelle. Elle marche pour aller au travail et faire son marché. Elle revient avec des légumes qui présentent des engelures mais elle se sent forte.

Puis, après avoir perdu espoir d'en voir la fin, l'hiver tire finalement sa révérence, c'est-à-dire qu'on est à la fin de mai, la neige est presque toute fondue mais le temps froid s'attarde encore. Se sentant brave malgré l'absence de soleil, Anja veut profiter de ce qu'il ne vente pas pour aller voir ce vieux cimetière des victimes des Goulags. Quinze kilomètres en autobus l'amène jusqu'au vieux cimetière des victimes Allemandes et Estoniennes, une centaine de croix de bois plantées dans la boue et encerclées de broussailles. C'est d'une beauté mélancolique au milieu de la toundra, une triste solitude. Tant de vies écourtées, quel gaspillage ! Elle réfléchit à la sottise et à la cruauté des humains.

Anja reprend le chemin du retour à pieds. L'exercice lui fera du bien, ne serait-ce que pour penser à d'autre chose que les travaux forcés. Si elle se fatigue, l'autobus repassera certainement et elle pourra y monter, pense-t-elle. Elle pense aussi, après avoir parcourus ce qui lui semble d'innombrables kilomètres, que la bourrasque se lève et que les nuages qu'elle amène ont l'apparence de nuages de neige. Et en effet, en peu de temps, non des flocons, mais des grains de neige se mettent à tomber. Anja les voit percuter le sol et rebondir sur les plaques de neiges à moitié fondue. Elle enfonce sa tuque sur ses oreilles et allonge le pas. Une petite précipitation de neige ne l'effraie pas. L'autobus passera certainement d'un instant à l'autre.

Les minutes passent plus lentement que ses pas. Le sol se couvre de plus en plus de neige et sa marche commence à se faire difficile. Malgré ses efforts intenses, le froid la gagne sournoisement. Elle qui dissertait intérieurement sur la sottise humaine se découvre être la preuve, sur un tout autre sujet, il est vrai, mais tout de même la preuve que la stupidité peut tous nous affecter. Elle a cessée de frissonner depuis quelques minutes et reconnaît qu'elle présente tous les signes d'hypothermie.

Elle sait qu'elle ne doit pas s'arrêter, qu'elle ne peut pas prendre de repos. Pourtant, tout son corps n'a qu'un désir : s'allonger par terre et fermer les yeux. La bourrasque lui fait déjà fermer les yeux. Étrangement, elle remarque que malgré l'engourdissement qui l'envahie, son ouïe s'aiguise. Elle entend distinctement le bruit des flocons qui tombent sur les herbes séchées. Elle les entend rouler par terre, se bousculant les uns par-dessus les autres, poussés par le vent de plus en plus violent. Ses pieds refusent d'avancer avec coordination. Elle entend le son étouffé que son corps fait en tombant dans la neige. Et toujours, elle entend les flocons qui s'accumulent sur son dos, sur ses jambes, dans chaque repli de son manteau. Elle n'a pas peur. Elle s'en sortira ou elle en crèvera. C'est tout. Puis elle entend un bruit de moteur.

Le véhicule la cahote dans tous les sens et Anja réussi à entrouvrir les yeux. Un regard inquiet se pose sur elle avant de redonner son attention au chemin rendu hasardeux par la tempête. Le véhicule est chaud, une chaleur que savoure Anja. Son raisonnement déformé par l'hypothermie, elle s'abandonne au sommeil même si l'homme qui conduit le camion ressemble à si méprendre à Bogdan.

Ce n'était qu'un mauvais rêve, car la voilà bien emmitouflée sur son canapé, une bouillotte d'eau chaude à ses pieds. Anja se soulève sur un coude pour regarder autour d'elle. Tout semble normal. Il y a même une tasse de thé fumante sur la table du salon. Quel arôme délicieux ! Elle doit cuisiner une marmite de bortsch. L'odeur de l'aneth un peu vinaigré lui pique le nez. Ah ! Un bol de bortsch bien chaud, c'est exactement ce dont elle a besoin en ce moment. Et voilà le bol qui vient vers elle dans les mains de Bogdan qui est au comble du ridicule dans le tablier de cuisine d'Anja.

Que faire ? Que dire ? La présence de cet homme potentiellement dangereux dans son appartement va certainement lui causer une série de problèmes, mais il lui a sauvé la vie. Anja formule les seuls mots qui lui viennent à l'esprit.

« Merci. Partez maintenant s'il-vous-plaît. Mais merci, vraiment.

— Comme tu voudras, répond Bogdan en déposant le bol de bortsch sur la table. Demain, tu ne rentres pas au travail, continue-t-il en enlevant le tablier et en le repliant soigneusement. Tu as de la chance, pas d'engelure aux extrémités, mais ton système a eu tout un choc. Pour l'instant, prends ce bol de bortsch et ce thé. Reste au chaud ici avec un bon livre. »

Il regarde autour de lui dans l'appartement d'Anja et trouve un livre sur sa table de chevet.

« J'imagine que tu peux lire cela pour l'instant mais tu l'auras fini avant demain midi. Je t'en apporterai un autre dès que la bibliothèque ouvrira. Quelque chose dans le genre de Michel Strogoff serait bien, dit-il avec un clin d'œil. N'oublie pas, finit-il en mettant son manteau, de mettre le bortsch au réfrigérateur quand il sera refroidi. À demain. »

Il a une telle assurance et affirme son contrôle sur la situation avec chacun de ses gestes et de ses mots. Incrédule et peut-être encore sous le choc, Anja le regarde ranger le tablier dans le tiroir et remettre la cuisine à l'ordre. Elle ne sait que dire et elle n'a pas même la chance de dire quoi que ce soit. Bogdan prend la situation en main et il ne lui laisse pas le choix. Oh, mais cela ne se passera pas comme cela ! Elle ne tombera pas sous le joug d'hommes patibulaires comme sa mère. Elle dira à Bogdan demain, quand elle aura retrouvé toute sa tête, et en termes explicites, qu'elle apprécie son aide mais qu'elle ne veut pas s'attirer d'ennuis et n'a plus besoin de lui. Quelques mots devraient être suffisants. Une fois cela réglé dans son esprit, Anja goûte au bortsch. C'est de loin le meilleur qu'elle ait goûté de sa vie. *Pourquoi ?* pense-t-elle en levant machinalement les yeux vers le ciel.

Le lendemain matin, pas de Bogdan. Anja ne rentre pas au travail, non pour suivre les instructions de Bogdan mais parce qu'elle s'en sent incapable. Dans l'après-midi, lorsqu'elle a terminé son livre, il n'y a toujours pas signe de lui. C'est mieux ainsi. Pourtant, il l'intrigue. Il y a tant de contradictions entre ce qu'elle croit qu'il devrait être et ce qu'il s'est montré être jusqu'à présent. Son apparence extérieure brute semble cacher un autre homme plus cultivé et soigné à l'intérieur. Il a croisé son chemin dans trois contextes différents et chaque rencontre l'a rendue plus curieuse et plus mystifiée qu'avant.

Vers onze heure du soir, alors qu'Anja dors depuis longtemps, on frappe doucement à sa porte, mais assez fort pour tirer Anja du sommeil. Bogdan s'appuie à l'encadrement de la porte, un livre à la main, une ecchymose sous l'œil gauche et la lèvre inférieure fendue.

« Je suis un peu en retard, je l'admets. Mais voici le livre, tel que promit. Ce n'est rien, assure-t-il, en voyant son regard alarmé. Un petit empêchement. D'ailleurs à ce propos, je dois partir, je ne peux rester. Bonsoir Anja. »

Revenue de son étonnement, tant à cause de son aspect que parce qu'il l'appelle par son nom, Anja prend le livre que lui tend Bogdan.

« Merci. Ce n'était pas nécessaire... »

Anja hésite. Devrait-elle également l'appeler par son prénom ou serait-ce prendre un pas de trop vers la familiarité avec lui ? Intuitivement, Bogdan perçoit la raison de son hésitation et un léger sourire passe de ses yeux à ses lèvres.

« Allons Anja, je connais ton nom comme tu connais le mien, il ne sert à rien de faire semblant qu'il en est autrement. Tu le connais depuis mon séjour forcé à l'hôpital, comme j'ai vu le tien sur ton épinglette d'infirmière, sur ta carte de bibliothèque et sur ta facture d'électricité que tu n'as pas encore ramassé depuis hier et qui prend l'humidité et la poussière par terre devant ta porte. Alors dis-moi ' Merci Bogdan '. C'est simple et c'est tout.

— Merci Bogdan. Mais je ne veux pas...

— Et tu as raison, il ne faut pas que cela devienne une habitude, marcher seule loin de la ville. C'est de la folie. Je sais, ce n'est pas ce que tu allais me dire, n'est-ce pas ? demande Bogdan avec ce rire profond et chaleureux qu'elle lui connaît. Tu voulais me dire de ne plus remettre les pieds ici, s'il-vous-plaît, c'est cela ? Anja, je crois que chaque événement arrive pour une raison particulière, ou à tout le moins pour qu'on en apprenne quelque chose. Nos rencontres fortuites ne sont peut-être pas si accidentelles. Mais tu as entièrement raison de vouloir me garder le plus loin de toi que possible.

— J'allais dire que tu avais une sale mine, dit Anja avec un sourire dans sa voix. Mais il y a du vrai dans ce que tu as dit, ajoute-t-elle.

— Bonsoir Anja. J'espère que tu aimeras le livre.

— Bonsoir Bogdan. Je n'en doute pas, merci. »

Elle le suit des yeux le temps qu'il disparaisse dans la cage d'escaliers, puis referme la porte et, incapable de se rendormir, elle commence à lire le livre que Bogdan lui a apporté.

Elle visite régulièrement la bibliothèque en sachant très bien que c'est avec l'espoir d'y rencontrer Bogdan. Elle ne peut nier être attirée par lui, mais elle résiste. Elle a peur de trop s'attacher à lui mais elle veut le connaître mieux. Elle veut lui donner une chance, voir qui est l'homme qu'il cache à l'intérieur. Elle le voit à l'occasion et ils s'échangent alors leurs opinions sur la littérature russe et les classiques préférés de chacun. Parfois Bogdan installe des chaises pour eux entre les rangées de livres. Parfois ils s'assoient aux tables destinées aux lecteurs. La vieille dame de la salle de bain redoute toujours de voir Bogdan, même s'il la salut poliment et la gratifie de son plus beau sourire. Cela fait toujours rire Anja. La bibliothécaire lance souvent des regards courroucés dans leur direction. Parfois Bogdan retient Anja et ne la laissant partir qu'à son bon vouloir. Il arrive aussi que leur discussion s'échauffe un peu lorsque l'un d'eux à une opinion très arrêtée sur le sens des paroles de Tolstoï, par exemple. Ils changent alors le sujet et parle de tout et de rien. Puis ils repartent chacun de leur côté.

Le temps d'Anja s'écoule ainsi entre son travail et ses visites à la bibliothèque jusqu'à la fin de son contrat de travail. Sa candidature a été acceptée pour combler un poste vacant dans la ville de Taganrog. Elle se prépare à quitter Vorkouta avec regrets, en partie parce qu'elle n'a pas eu la possibilité d'aller voir les troupeaux de rennes dans leur habitat naturel, là où les Nénètses habitent. En partie aussi parce qu'elle ne verra plus Bogdan.

Ses efforts pour ne pas s'attacher à lui plus qu'à un autre ont été inutiles. Leurs entretiens entre les rayons de livres lui ont fait découvrir une partie de l'homme qu'il est, intelligent, généreux, décidé, possédant une franchise presque blessante s'il ne la tempère pas de son sens de l'humour. Mais il y a une partie de lui qu'il a sût toujours bien garder cachée et cela inquiète Anja. Elle ne sait pas où il vit, ce qu'il fait comme métier, quels sont ses buts dans la vie. Chaque fois qu'elle tente de le questionner, il change adroitement la conversation ou retourne la question vers Anja. Elle sait qu'elle ne peut faire confiance à un tel homme.

Quelques semaines avant son départ, Anja fait part à Bogdan de son désir de voir les rennes et le peuple Nénètse. Il la regarde tout d'abord avec surprise puis tout son visage s'éclaire d'un sourire.

« C'est merveilleux Anja ! Je voulais faire quelque chose de spécial pour toi, avant que tu ne partes pour Taganrog. C'est si facile pour moi d'exaucer ton souhait, tu n'as pas idée ! »

Et il se mit à rire, le rire qu'Anja a appris à aimer.

« Laisses-moi savoir quand tu auras fini ton travail. Il faut mettre de côté plusieurs jours pour aller visiter là-bas. Je crois qu'une semaine serait suffisante, entre le temps où tu auras terminé avec l'hôpital et ton départ pour Taganrog. As-tu déjà acheté ton billet de train ?

— Non, mais doucement là, Bogdan. Tu peux vraiment m'amener là-bas ?

— Bien sûr. Dis-moi ton horaire et je t'arrange tout cela. Ce sera le summum de ton séjour à Vorkouta. »

Anja est sceptique mais curieuse. Bogdan semble si enthousiaste. Il lui dit quoi mettre dans ses bagages, quel genre de bottes et de manteaux seront nécessaires, quelle nourriture emmener pour le trajet.

Anja n'a aucun contact avec Bogdan par la suite, mais au jour et à l'heure fixée, il se présente devant l'appartement de celle-ci avec sa vieille camionnette, la même qui l'a ramené à-demie morte de froid chez elle quelques mois plus tôt.

« Donne-moi ton sac et monte à bord, nous avons une longue journée de route devant nous et les chemins ne seront pas faciles après la pluie d'hier. »
Et il ne ment pas : la route est sinueuse, cahoteuse et interminable. Le paysage est désolé, encore plus qu'aux alentours de Vorkouta, ce qu'Anja croyait impossible. À certains endroits ils doivent fendre des mares de boue qui éclabousse généreusement la camionnette. Ils traversent des cours d'eau, montent et redescendent des collines et parfois Anja se demande comment Bogdan peut s'y retrouver. Ils ne suivent plus de trace ni de chemin, seulement l'instinct de Bogdan.

Après un certain temps, Anja aperçoit au loin ce qui ne peut être que des oléoducs à flanc de montagne. Ils roulent dans cette direction et bientôt empruntent le chemin de maintenance suivant les oléoducs.

« Ce chemin nous amènera de l'autre côté des montagnes. Ce sont les Monts Oural, lui explique Bogdan, la frontière entre l'Europe et l'Asie. »

Ils passent quelques heures sur cette route rocheuse. De l'autre côté des montagnes, une camionnette vient à leur rencontre. Anja est un peu surprise de cette rencontre inattendue, surtout en voyant le sigle de la compagnie oléifère avec les mots ' patrouille de sécurité ' en lettres rouges. Bogdan ralentit et fait signe au conducteur de s'arrêter. Puis il fait de même à la hauteur de celui-ci mais doit ouvrir la portière afin de parler à l'autre homme puisque le mécanisme de la fenêtre est brisé et elle ne s'abaisse pas. Les deux hommes se sourient.

« Quoi de nouveau, Boris ? Pas d'ennui ? Et ta famille, ça va ? Ton arthrite va mieux tu dis ? »

Anja réalise que le patrouilleur connaît Bogdan depuis longue date. Ils s'échangent plus que les politesses d'usages. Puis, Bogdan en vient au fait.

« Où pâturent les rennes ces jours-ci ?

— Tous les troupeaux ont été emmenés vers le Nord, il y a plusieurs jours de cela. Tu n'auras pas de mal à retrouver leurs traces.

— Merci Boris. C'est bon de te revoir. »

Ils reprennent leur route, laissant la taïga derrière eux pour de bon. La toundra s'étend à perte de vue, un paysage composé de pergélisol entrecoupé de rivières sinueuses. Malgré la longueur du trajet et être secouée à chaque détour, Anja aime ce voyage avec Bogdan. Il est plus ouvert avec elle qu'il ne l'a jamais été. Il chante à tue-tête tout ce que la radio de la camionnette peut faire jouer. Il essaie de faire chanter Anja aussi. Il rigole, il fait le fou. Il se comporte comme un homme amoureux qui veut faire rire la femme qu'il aime et qui veut l'impressionner.

À ses moments plus sérieux, il parle de son père qui était un homme de principes, de son frère qui habite à Moscou et qu'il n'a pas vu depuis des années mais avec qui il garde contact par téléphone, et de sa sœur qui vit à Arkhangelsk avec son mari et ses trois enfants. Il aime sa famille. Quand il en parle, Anja voit ses yeux briller.

Elle lui explique sa situation familiale, la façon dont elle a vécu la majorité de son enfance. Il devient sombre.

« Personne ne devrait vivre un pareil cauchemar. Anja, promets-moi de faire en sorte que ta vie ne redevienne jamais comme cela. »

Elle regarde Bogdan. Sur son visage se voit encore les traces d'une ecchymose pâlissante et sur son bras il porte une longue estafilade, blessures pour lesquelles il ne donne jamais d'explication. Il a l'air d'un bagarreur de rue. Pourtant ses yeux sombres expriment une sincère affection pour elle. Ces sourcils sont froncés et le front plissé dans une expression de profonde et sincère inquiétude. Comment peut-elle faire une telle promesse ou simplement lui répondre quand elle est ainsi divisée, une partie d'elle criant que cet homme est dangereux, l'autre étant prête à le suivre au bout du monde s'il le lui demandait ?

Bogdan comprend le regard d'Anja sur lui, sur ses blessures, et il n'a pas de peine à déchiffrer son non-verbal. Il se met à rire et Anja en frissonne. Oh ! Comme il va lui manquer !

« C'est de ton rire que je m'ennuierai le plus, s'échappe-t-elle, les mots débordants de son cœur.

— Allons, ne parlons pas de départ. Je te l'interdis. Ainsi pas de visage triste. Ce voyage est dédié à la découverte du pays Nénètse. Nous y sommes presque, je crois. »

Il est passé dix heures du soir mais le soleil brille encore. Évitant une dernière tourbière, ils aperçoivent les tentes coniques, appelées tchoum, l'habitation traditionnelle des Nénètses, autour desquelles sont regroupés d'innombrable rennes.

« J'ai l'impression d'être au bout du monde », s'écrie Anja devant la beauté sauvage du spectacle devant elle. L'émotion lui fait monter les larmes aux yeux.

« Tu as raison. Nous sommes quelque part sur la péninsule de Yamal, un mot nénètse qui veut dire *extrémité du monde*. Tu aimes ce que tu vois, constate-t-il en apercevant les larmes débordant des yeux d'Anja. Allons rencontrer ces gens. »

Bogdan klaxonne et quelques hommes et enfants viennent à leur rencontre. En reconnaissant Bogdan, ils sourient et l'aide avec les bagages. Ils parlent en nénètse avec Bogdan. Les hommes sont petits et trapus. Leur peau est foncée par le soleil, ridée par les vents battant la péninsule. Les rennes s'écartent devant eux pour les laisser passer. Anja pourrait les toucher mais n'ose pas. Elle règle ses gestes sur ceux de Bogdan. Elle ne veut pas commettre de faux-pas et insulter leurs hôtes dont elle ne connaît pas encore bien les us et coutumes.

Les enfants vont chercher une vieille femme aux yeux noirs perçants. Ses cheveux sont gris, son visage est rond, aux pommettes saillantes. Elle porte un manteau en peau de rennes, comme la plupart des hommes, femmes et enfants, remarque Anja. La femme rejoint le groupe et embrasse Bogdan sur le front.

« *Mat''* », dit Bogdan en russe, tout en soulevant de terre la petite femme, la serrant dans ses bras.

Miséricorde ! C'est sa mère, pense Anja avec un sentiment de crainte et d'excitation. *Il m'a emmenée voir sa mère !*

Après que tous aient fait connaissance avec Anja, ils mangent un repas de viande de renne, de légumes et de canneberges de montagne. La mère de Bogdan lui installe un lit avec elle dans sa tente, du côté Sud, le côté de la porte, réservé aux femmes. Les murs intérieurs sont tendus de couvertures aux couleurs et aux motifs divers : un épais coton à carreaux rouges et blancs est à la droite de la porte, un coton plus mince au feuillage vert parsemé de petites fleurs roses lui est adjacent, ensuite un tissage rayé blanc et bleu, peut-être en laine, Anja ne saurait dire, et ainsi de suite. Au milieu du tchoum se trouve un poêle en fonte. Bogdan lui explique qu'il se trouve une ligne imaginaire au milieu du tchoum qu'elle ne doit pas traverser, l'autre moitié étant réservée aux hommes. L'extérieur de la tente est divisé similairement, le devant étant le lieu de travail des femmes tandis que les hommes travaillent derrière.

« C'est assez de traditions nénètses pour toi aujourd'hui. »

Bogdan embrasse sa mère sur le front et lui dit bonsoir, Anja présume, en nénètse. Puis il se tourne vers elle et lui dit également bonsoir, accompagné de son plus grand sourire, avant de s'étendre sur son lit au fond du tchoum. Les deux femmes rejoignent leur espace et Anja s'endort plus rapidement qu'elle ne le croit, les fatigues de la journée ayant raison d'elle.

Au matin, Anja se lève de bonne heure, avec la mère de Bogdan. Celui-ci lui a trouvé des vêtements traditionnels en peaux et un foulard rouge vif pour se couvrir la tête.

« Tu te sentiras plus à l'aise ainsi. On pourrait croire que tu es une vraie Nénètse, sauf pour tes cheveux blonds et ta peau claire. Regardes-toi. »

Anja prend le miroir posé sur une table. Quel changement ! Elle se reconnaît à peine. Malgré qu'elles soient un peu encombrantes et pesantes, les peaux sont douces et sentent bon, une odeur un peu âcre et un peu salée, qui ne déplaît pas à Anja. Le tout la séduit et elle s'habitue rapidement à marcher dans ses souples bottes de peau et ses diverses épaisseurs de fourrures. Bogdan aussi s'est vêtu de ses habits traditionnels, de son manteau et ses pantalons de peaux, complet avec ceinture de cuir de laquelle s'attachent quelques outils qui lui serviront à fignoler et réparer les traîneaux. Lui aussi pourrait passer pour un vrai Nénètse sauf qu'il dépasse d'une tête la plupart des hommes. Il est seulement à moitié Nénètse.

Chaque jour, Anja participe à la préparation des repas, du thé noir et des biscuits. La mère de Bogdan lui enseigne à cuisiner la viande de renne séchée ou fraîche. Anja apprend aussi à confectionner des vêtements en peau de rennes, de lièvres ou de belettes. Elle observe les hommes affairés à réparer les traîneaux, à ramasser le petit bois pour le feu, à tanner les peaux qui seront vendues. La garde et le soin des rennes sont des tâches exclusivement réservées aux hommes. Elle remarque que malgré la séparation distincte des rôles entre hommes et femmes, les Nénètses sont une société matriarcale. Ils sont un peuple heureux et travaillant. Quand les tâches sont terminées, ils se racontent des histoires en buvant encore du thé noir accompagné de biscuits.

La mère de Bogdan parle russe avec Anja mais avec hésitation. Elle en a oublié beaucoup de mots. Le père de Bogdan n'étant plus, seulement ses enfants, à l'occasion, parlent russe avec elle. Peu importe car elle est une femme qui sait se faire comprendre avec peu de mots. Elle parle de ses enfants. Elle est fière d'eux, mais elle s'inquiète pour Bogdan. Il suit les traces de son père mais son travail est plein de danger. Anja tend l'oreille pour en savoir plus mais la femme secoue la tête, soupire et continue de nettoyer le plancher du tchoum. Anja connaît sa place et ne pose pas de question.

Par un bel après-midi, Bogdan emmène Anja dans l'herbe haute de la toundra, parmi les rennes. Jamais elle n'aurait pu imaginer une telle quantité d'animaux. Ils semblent être partout autour d'eux. Leur pelage est entre la couleur crème et le brun foncé. Leurs bois sont impressionnant, surtout ceux des mâles. Les petits caracolent et jouent à se poursuivre.

« Il faut une centaine d'animaux pour faire survivre une famille confortablement. La tribu de ma mère comporte une dizaine de familles, lui explique Bogdan. Tu peux faire le calcul. »

Ils marchent, seuls parmi les milliers de bêtes. Le vent joue dans les mèches d'Anja, qui s'échappent malicieusement de son foulard. Bogdan s'approche d'elle et les replace une à une sous le foulard. Il est si proche qu'elle ose à peine respirer. Il scrute les yeux bleus d'Anja et elle voit dans ses yeux bruns une étincelle qui la fait reculer d'un pas. Un instant, elle a cru qu'il allait l'embrasser, mais sa réaction instinctive de peur l'en a empêché. Elle est confuse et un peu déçue. Il s'approche à nouveau d'elle et ébouriffe les mèches qu'il avait si bien replacées.

« Ah ! s'exclame-t-il. Oui, c'est beaucoup mieux comme cela. »

Reprenant ses esprits, elle le frappe de son poing sur le bras.

« Bogdan, franchement ! »

Il rit longuement et Anja imprime ce précieux souvenir dans sa mémoire.

La semaine passe très vite. Anja doit déjà échanger ses vêtements nénètses contre ses propres vêtements. Toute la tribu est réunie pour leur dire adieu. Elle les remercie tous dans les quelques mots nénètse qu'elle a appris.

Ils sont à peine sur le chemin du retour qu'Anja décide de questionner Bogdan sur ce qui l'intrigue depuis plusieurs jours. Sans préambule, sans tourner autour du pot.

« Quel métier exerçait ton père ? »

Bogdan sourit et répond, sans quitter la route des yeux.

« Il était policier. Et oui, je suis également policier. Tu as découvert mon secret, grâce à ma mère, sans doute. Tu ne devais pas le savoir, je voulais te le cacher jusqu'à ton départ. Je travaille comme agent infiltré. C'est tout ce que tu peux savoir à ce sujet. Crois-moi, c'est mieux ainsi. »

Anja reste silencieuse une bonne partie du trajet à la suite de cette découverte. Bogdan respecte son silence mais la regarde régulièrement pour tenter de déchiffrer ce qui se passe dans sa tête. N'y tenant plus, il applique les freins brusquement, sur la route de gravier longeant les oléoducs sur les Monts Oural.

« Cela ne change rien entre nous, Anja. Je suis le même. »

Anja ne sais quoi répondre. C'est vrai, il reste le même. Si quelqu'un est fidèle à lui-même et ses principes, c'est bien lui ! Elle est de plus en plus confuse. Son métier n'y est pour rien. Il lui a montré de plus en plus clairement qu'il l'aime mais alors pourquoi ne pas lui dire sans ambigüité son affection pour elle, lui qui est habituellement d'une franchise acérée et aime à affirmer son contrôle de la situation ? S'il ne dit rien, c'est qu'il n'y a rien à dire à ce sujet ?

« Anja ? Il lui prend la main et la presse doucement. Anja, s'il-te-plaît, dis-moi quelque chose ».

Pourquoi faut-il que tu sois si attentionné et pourtant distant ? pense Anja. *D'accord Bogdan, si tu joues à ce jeu, je le peux aussi.*

« Non, tu restes le même et je reste la même. Rien n'est changé, et je pars dans deux jours, lui répond-elle avec une lenteur délibéré.

— Pourquoi quittes-tu Vorkouta Anja ? demande Bogdan en redémarrant la camionnette.

— J'ai fait mon temps ici. Je suis un peu nomade, tu peux comprendre cela. Et puis j'ai un travail qui m'attend à Taganrog.

— Ce sont toutes d'excellentes raisons. »

Le trajet du retour est triste. Plus de rire, plus de chanson. Bogdan demeure plutôt silencieux le reste du trajet, mais en laissant Anja chez elle, il brise son mutisme.

« J'avais espéré que tu ais trouvé une raison de rester, Anja, dit-il en déposant les bagages dans son appartement.

— Moi aussi Bogdan, répond Anja sans pouvoir le regarder.

— Tu ne me regardes plus quand tu me parles, Anja ? As-tu encore peur de moi, ou bien est-ce de toi ?

— Merci pour cette merveilleuse semaine. Je n'oublierai jamais ce voyage, réussi-t-elle à articuler avant de commencer à défaire ses valises machinalement, sans lever les yeux.

— Moi non plus. »

Sur le seuil, Bogdan espère et attend quelque chose qui n'arrive pas.

« À dans deux jours, alors. Le train quitte à onze heures, alors je serai chez toi vers neuf heures trente pour t'emmener à la gare » dit-il avant de partir sans se retourner.

Quel homme il est ! Anja n'a peur de rien, sa vie l'a formée ainsi, sauf de s'attacher émotionnellement à un homme. Maintenant qu'elle sait qu'il n'est pas un vaurien mais ne fait que semblant de l'être, à temps partiel si on veut, elle se trouve idiote, et le mot est faible, de ne pas lui dire qu'elle resterait pour lui, qu'elle ne craint pas les longues nuits quand elle se fera du souci parce qu'il n'est pas rentré, qu'elle n'a pas peur de le voir couvert d'ecchymoses, parce qu'elle se sent bien avec lui, en sécurité, parce qu'il la traite avec respect et douceur, parce qu'elle aime l'homme qu'il est vraiment et que cela compense pour tout le reste.

Sauf que les mots restent dans sa gorge et les larmes silencieuses s'accrochent dans ses yeux baissés.

Ponctuel, Bogdan ramasse Anja et ses bagages. Il lui sourit mais elle voit que le cœur n'y est pas. Il a de grands cercles noirs sous ses yeux comme s'il a passé la nuit debout. Bogdan ouvre la portière et attend qu'Anja monte. Elle est heureuse de le revoir une dernière fois, même si cela fait perdurer sa peine de se séparer de lui.

La conversation est légère. Bogdan sent combien Anja est fragile et l'effort incroyable qu'elle fait pour retenir ses larmes et ne pas perdre la face devant lui. Il essaie de lui raconter quelques histoires drôles qu'il connaît à propos de Taganrog.

À la gare, leur discussion se poursuit, comme s'ils étaient à la bibliothèque. Lorsque le train arrive, Bogdan l'aide avec ses bagages et reste à ses côtés sur la plate-forme aussi longtemps qu'il le peut, aussi longtemps qu'elle s'attarde à lui parler avant de monter dans son wagon. Mais quand le haut-parleur annonce le départ imminent, qu'elle le remercie pour la énième fois et monte la première marche, il la rejoint et l'attire vers lui, l'enveloppant de ses bras. Il l'embrasse avec tout ce qu'il possède d'amour pour elle, la somme de tous ses sentiments inexprimés et de tous les baisers retenus depuis des semaines.

« Je ne pouvais pas te laissez partir sans te dire proprement au-revoir », dit-il avec cette étincelle dans les yeux qu'Anja avait déjà vue.

Toutes barrières brisées, toutes défenses rompues, Anja s'accroche à Bogdan et, la tête enfouie sur sa poitrine, elle lui dit tout ce qu'elle pense de lui, les mots s'échappant d'elle en un torrent entrecoupé de sanglots. Elle lui décrit ses premières impressions peu flatteuses, depuis leur première rencontre jusqu'à présent, et l'évolution progressive de ses sentiments ainsi que sa peur de ceux-ci.

« Oh ! Je ne veux pas partir mais j'ai eu peur de rester et de t'aimer. Maintenant, penser que je ne te verrai plus jamais me fais plus peur que toutes mes craintes réunies ! C'est toi que je choisis, Bogdan, avant Taganrog et avant tout, mais le train est en route ! »

Quasi hystérique, Anja se met à pleurer de plus belle dans les bras de Bogdan.

« Je suis là Anja, ça va allez. Il n'y pas de problème. Vois-tu ? Nous sommes tous deux dans le train, en route pour Taganrog. Si tu veux descendre, nous descendrons au prochain arrêt. Mais ce n'est plus important puisque tu n'as plus peur de moi maintenant, n'est-ce pas ? dit-il en baisant son visage plein de larmes. Je devais attendre que tu surmontes cette peur par toi-même. Jamais je ne t'y aurais forcé. Allons nous asseoir et profiter de ce voyage en train pour faire nos plans pour Taganrog. Je suis un peu nomade moi aussi et j'ai besoin d'un nouveau départ. Que dirais-tu, pour commencer, d'un appartement avec vue sur la baie ?

— Tout semble possible avec toi ! Si je sais que je tu seras là, que ce soit ici ou ailleurs, le reste m'importe peu », dit Anja en essuyant ses larmes.

L'APPARTEMENT
NUMÉRO QUATRE
Laval, Québec, Canada

D ans la vie, on a besoin de quelque chose sur quoi l'on puisse compter, une stabilité quand tout est chaos, un univers où l'on se sente en sécurité, à l'abri des changements dérangeants. Pour Nathalie, l'école était l'endroit lui permettant de garder un équilibre raisonnable et de donner un sens à son existence. Peu importe l'année, la location ou la grosseur de l'école, son refuge y était grâce aux livres, à la routine des classes régentées par la cloche et à l'étude.

Dans sa paisible ville de campagne située au cœur des Laurentides, Nathalie se contentait de cette vie simple et tranquille et elle détestait tout changement à son rituel quotidien. Elle se levait toujours à la même heure, prenait le même banc dans l'autobus scolaire, passait sa journée à l'école où elle détestait les récréations avec exercice physique obligatoire et les cours d'éducation physique, deux choses qui la rendaient misérable. Par contre, elle était pleinement heureuse quand elle pouvait passer tous ses moments libres à fureter dans les livres de la bibliothèque. Ensuite, c'était le retour à la maison, les devoirs, et lire encore jusqu'à ce que la fatigue lui brûle tant les yeux qu'elle n'y voyait plus clair. C'était le bonheur.

Cette constante dans sa vie, (c'est-à-dire l'école, l'étude et la lecture) lui avait permis de survivre le divorce de ses parents, la mort de ses grands-parents et la disparition mystérieuse de Charles Dickens, son chat préféré, tous ces événements se précipitant les uns après les autres dans l'espace de quatre ans. C'était son échappatoire du monde réel vers un monde où les peines et les souffrances passaient rapidement, au fil des pages, bientôt effacées par de nouvelles aventures. Habituée de vivre à travers les mots d'un livre au lieu de laisser libre court à ses émotions, elle sentait qu'elle manquait de profondeur et de sensibilité mais elle préférait se traiter d'égoïste indifférente en étouffant sa conscience avec un bouquin de mille cinq cents pages. Cela lui ménageait la douleur qu'elle aurait ressentie en faisant face à la réalité et au changement.

Elle dut pourtant un jour décider elle-même d'apporter de gros changements à son mode de vie. Il lui fallait déménager à Laval pour poursuivre ses études au Cégep. La perspective de quitter sa mère, ses amis, sa campagne familière, tout cela l'effrayait plus qu'un peu. Seule la consolation de retrouver à nouveau son banc d'école, des montagnes de devoirs et une immense bibliothèque lui donnait de l'assurance. Elle ferait comme auparavant, limitant ses conversations avec quiconque à l'essentiel. Il lui importait peu de passer pour une fille bizarre et coincée. Son cocon ouaté tissé depuis des années lui suffisait. Sa solitude, remplie par des personnages fictifs ne pouvant lui faire de mal lui plaisait plus que d'avoir à subir la critique de camarades de classes, même constructive.

Après réflexion, elle avait tout de même bien choisit. Un petit appartement dans un bloc à quatre logements sur la tranquille rue Émile était l'endroit idéal pour une transition entre sa campagne pittoresque et le paysage grossier de la ville. Entre les briques, le béton et le bitume, la verdure et les arbres tenaient ferme leur place. Évidemment, le léger bruissement des feuilles était maintenant remplacé par l'incessant bourdonnement des voitures. Au lieu du chant mélodieux des merles et des troglodytes, elle entendait maintenant les sirènes d'ambulances, les motocyclettes passant à toute allure ou les chicanes de ménage des voisins dans le bloc d'en face. L'odeur de la terre humide de rosée était maintenant... disons seulement chose du passé.

Elle, Nathalie, restait la même, classique dans tous les sens du terme : elle aimait la musique classique, lisait les grands « classiques », buvait du thé Earl Grey, avait des frissons en entendant la mélodie de films classiques comme *Autant en emporte le vent* ou *Ben-Hur*, s'habillait de façon classique... Jusque dans ses bêtises elle était classique : il lui était arrivé d'aspirer les rideaux dans la balayeuse; quand elle prenait un verre trop généreux, elle chantait de l'Elvis; le bouchon de la salière se dévissait sans avertissement pour inonder sa nourriture de sel; elle mettait le pied dans une flaque d'eau en descendant du trottoir. Même sa représentation de l'homme idéal était un ramassis de classiques : un tarzan chantant de l'opéra en italien. Pas surprenant qu'elle fut encore à chercher l'homme de ses rêves.

La ville avait du caractère pourtant, et même un certain mystère qui lui donnait du piquant. Mais ça, il lui avait fallu plusieurs mois avant de l'apprécier. Les premiers jours, les premières nuits surtout, elle se sentait bien seule et, franchement, elle avait peur dans cet appartement où elle n'éprouvait pas encore la réconfortante sécurité de se savoir chez soi. Elle avait bien Shakespeare avec elle, mais un chat n'est pas d'un grand réconfort quand on se sent envahie par toutes sortes de craintes nourries par l'obscurité et les bruits inconnus venant de la rue !

Une fois habituée à son nouvel environnement, elle élargit ses horizons en essayant de découvrir qui étaient ses voisins. En bas, au numéro 1, vivait un jeune couple avec un bébé de quelques mois. Elle les voyait souvent sortir le soir, poussant leur petit bonheur dans son carrosse pour aller nourrir les canards sur le bord de la Rivière des Prairies. Ils semblaient être des gens bien tranquilles et discrets. Le logement numéro 2 se situait également au rez-de-chaussée. Une paire de retraités que Nathalie croyait être dans la soixantaine y habitait avec leurs deux petits chiens. Pour sa part, elle n'aimait pas particulièrement les chiens, qu'elle trouvait trop férocement joyeux, mais le couple était jovial et toujours prêt à rendre service si Nathalie avait besoin de quoi que ce soit. Malgré cela, Nathalie préférait la compagnie de ses livres.

Ensuite, au deuxième étage, se trouvaient elle et Shakespeare au numéro 3. Par contre, elle n'avait pas encore rencontré la dame qui occupait l'appartement 4, à côté du sien. Sur la boite postale à l'entrée, elle avait remarqué qu'elle s'appelait Mme Vorochilov. À l'occasion, elle entendait quelques bruits venant d'à côté, sans toutefois l'avoir jamais aperçu. Les autres locataires aussi la voyaient peu souvent. Elle faisait partie d'un club de bridge, croyaient-ils. Ou peut-être enseignait-elle le ballet? Personne ne semblait la connaître très bien. Elle ne dérangeait pas Nathalie et celle-ci ne chercha pas à la rencontrer, tout absorbée qu'elle était dans ses travaux de fin de sessions.

Installée dans sa nouvelle routine, elle retrouva sa sérénité. Après plusieurs semaines, elle ne pouvait nier qu'elle aimait bien le sentiment d'anonymat qu'elle ressentait en marchant pour aller prendre le métro. Sur la rue ou de sa fenêtre, elle aimait observer les passants. Ce gentil monsieur avec un pain baguette dépassant d'un sac rebondi d'épicerie et un bouquet de fleur dans l'autre main s'en va sûrement mijoter un souper romantique pour sa femme. Cette dame âgée, très grande avec ses cheveux tout blancs remontés dignement sur sa tête qu'elle porte fièrement, marche comme si elle portait un vase de cristal inestimable, bien que ce ne soit qu'un géranium. Son regard semble doux et triste tout à la fois. Elle se dirige tout droit vers le bloc de Nathalie qui réalise que ce doit être l'énigmatique Mme Vorochilov.

Pendant les mois qui suivirent, la jeune fille revit Mme Vorochilov à l'occasion seulement, lorsque celle-ci se démenait avec la pelle entre les bancs de neige ou arrosait les fleurs ornant son balcon, par exemple. Nathalie, quant à elle, étudiait du matin jusqu'au soir en remettant le soin de ses dépenses à sa bourse d'études. Mis à part des quantités phénoménales de café, elle n'avait pas besoin de beaucoup et se permettait de temps à autre une gâterie pour Shakespeare. Le pauvre était réduit à l'état de chat d'intérieur et cela ne lui plaisait guère. Nathalie était peinée de le savoir si malheureux. Il devenait rancunier et elle trouvait souvent, à son retour du Cégep, des tasses de café vides jetées par terre, quand ce n'était pas carrément un pain déchiqueté sur le tapis du salon. Elle était trop attachée à lui pour le renvoyer à la campagne, et trop inquiète de son bien-être pour le laisser sortir dehors. C'est pourquoi elle le gâtait, plus souvent qu'il ne le méritait vraiment, un peu à la manière de parents qui achètent sans cesse des jouets à leurs enfants pour suppléer au temps qu'ils doivent passer avec eux.

Les semaines s'écoulaient et se ressemblaient, à la plus grande satisfaction de Nathalie. Un incident, cependant, attira son attention. Le 8 avril, elle remarqua une odeur inaccoutumée sur le palier en sortant de chez elle. Elle avait déjà senti cette odeur quelque part auparavant et pourtant n'arrivait pas à l'identifier. Tout en marchant pour aller prendre le métro, cela lui revint tout à coup : ça sentait le cuir neuf, comme son sac d'école tout neuf au début de l'année scolaire lorsqu'elle était petite. Elle savait son odorat bien aiguisé, mais quelle quantité de cuir Mme Vorochilov possédait-elle, soudainement, pour qu'elle l'ait senti jusque sur le palier ?

En revenant ce soir-là, l'étudiante, vraiment intriguée par cette voisine encore inconnue et cette odeur inexplicable, s'était arrêtée quelques minutes à la porte de celle-ci pour essayer de glaner des indices lui permettant de comprendre ce qui se passait à l'intérieur. L'odeur de cuir était moins prononcée qu'au matin. Elle entendait de la musique classique, les meilleurs morceaux des grands compositeurs. Tous y étaient : Tchaïkovski, Mozart, Strauss, Beethoven, Vivaldi, Chopin, Wagner et beaucoup d'autres encore qu'elle entendait à travers le mur mitoyen.

Il y avait un remue-ménage inhabituel. Des bruits de meubles qu'on traîne sur le parquet de bois, des petits coups, comme de marteau, sur un objet métallique. Le tapage cessa éventuellement, mais la musique continua jusqu'à tard dans la soirée. Nathalie sortit sur son balcon pour regarder quelques étoiles qui brillaient et, à sa grande honte, pour essayer de voir ce que sa voisine faisait. La porte de celle-ci, donnant sur le balcon, était également ouverte et il s'en dégageait un délicieux arôme de gâteau. Mais Nathalie fut prise au dépourvu et très embarrassée quand elle entendit Mme Vorochilov pleurer, pas seulement un peu mais abondamment, à gros sanglots. Elle regrettait de s'être montrée indiscrète. Elle s'était toujours sentie inconfortable face à ses propres peines et encore plus face au malheur des autres. En se couchant ce soir-là, elle se jura d'éclaircir cette charade qui devait bien avoir un sens. Mais comme tout redevint parfaitement normal le lendemain, elle oublia l'incident et reprit sa routine habituelle.

Cependant, le 8 avril de sa deuxième année de Cégep, la même chose se reproduisit. Même bruits, même musique, même odeurs de cuir puis de gâteau, et même pleurs. Cette fois, Nathalie en était ébranlée. Et voilà que cette grande dame à l'air si noble pleurait de façon incontrôlable chaque 8 avril! Elle en était si remuée qu'elle se sentait poussée à faire quelque chose pour cette femme à qui elle n'avait pourtant jamais parlé.

Privée de grands-parents avant même d'être adolescente, elle avait peu d'idée de ce qu'une personne de cet âge pourrait apprécier ou trouver réconfortant. Elle avait remarqué les plantes que Mme Vorochilov sortaient sur le balcon l'été et le grand soin qu'elle leur accordait. Elle se décida donc pour un bel hibiscus en pot. En agissant ainsi, elle reconnaissait prendre un risque, le risque de changer à sa solitaire mais agréable routine, d'être rejetée ou acceptée, mais tout de même le risque de laisser entrer dans sa zone de confort une nouvelle personne. Elle qui jusque-là s'était efforcé de garder son univers clos aux humains commençait à sentir le désir de partager avec d'autres, partager ses pensées, ses goûts, ses idées. C'était un début, un progrès phénoménal pour elle.

On était juste avant les vacances d'été et il faisait exceptionnellement chaud pour ce début de juin. Nathalie avait laissé la porte sur son balcon légèrement entrebâillée pour faire circuler l'air. En revenant du Cégep, elle trouva sur son tapis de paille arborant un criard 'Bienvenue' en lettres bleu vif, un gâteau ainsi qu'une note. C'était de Mme Vorochilov qui la remerciait pour l'hibiscus et lui disait que son chat, Shakespeare, avait été frappé par une voiture le matin même. Elle l'avait déposé, enroulé dans un drap blanc, sur le balcon arrière que les deux appartements du haut se partageaient. Si Nathalie ne se sentait pas la force de le faire, elle s'offrait pour l'enterrer sous la haie de cèdres des voisins italiens.

Encore confrontée à la mort, au changement, à des émotions déplaisantes, Nathalie ne pouvait tout de même pas laisser les derniers soins donnés à Shakespeare venir d'une étrangère. Elle avait de l'affection pour un chat mais refusait ce même sentiment à ceux de sa propre espèce ! Quelle ironie ! Pendant qu'elle enterrait le chat sous un vieux saule pleureur dans le parc au bord de la rivière, elle s'examinait intérieurement comme elle ne l'avait jamais fait auparavant, se moquant sans pitié de sa prétention orgueilleuse de se suffire à elle-même et de se passer du reste du monde. Elle percevait que, fondamentalement, elle avait le besoin de parler avec quelqu'un, de confier ses peines à une âme empathique. Elle *ressentait* de la peine et l'acceptait ! Qu'elle se trouvait ridicule de s'apitoyer sur un chat alors que des milliers d'humains souffraient, mouraient, naissaient, vivaient, s'aimaient chaque minute de chaque heure du jour !

Dans sa dernière année au Cégep, tous s'accordèrent pour dire que Nathalie changeait. Oui, elle *changeait,* et de son plein gré. Elle devenait plus spontanée, s'efforçait de laisser place plus naturellement à ses émotions. Quand elle terminait la lecture d'un livre, c'était toujours avec le même regret, comme quittant un ami cher. Pourtant, elle voulait plus. Commençant à prendre goût aux petites surprises de la vie, elle accueillait l'imprévue avec enthousiasme. Régulièrement, elle et Mme Vorochilov s'échangeait des petits mots laissés sur le pas de la porte, accompagnés d'un plat de biscuit, d'un livre ou d'une fleur.

Tranquillement, la jeune fille qui devenait jeune femme avait décidé d'ouvrir ses bras au monde l'entourant, à la joie comme à la tristesse, acceptant bonnes et mauvaises rencontres, faisant s'épanouir et progresser les premières et classant les secondes avec les expériences ratées en laboratoires de chimie. On apprend quand même de l'embarras et de l'insuccès, à savoir, comment gérer sa gêne et son malaise ou simplement comment nettoyer les dégâts. Elle s'était enfin réconcilié avec la vie et appréciait même l'idée que rien n'est inéluctable, que l'on peut, au contraire des personnages d'un livre, changer le cours de son destin et commencer chaque jour avec une page blanche à remplir de sa propre histoire.

Le 8 avril, le dernier qu'elle passerait dans son appartement de la rue Émile, Nathalie n'avait pas de doute quant à ce qu'elle devait faire. Dès les premières notes de harpe du Lac des Cygnes, elle frappa résolument à la porte de Mme Vorochilov. L'odeur de cuir neuf frappa encore une fois son sens olfactif. La dame aux cheveux blancs vint lui répondre, enserrée dans un tablier en grosse toile possédant une multitude de poches boursouflées, sans toutefois rien lui enlever de son digne maintien. Elle tenait à la main une paire de ciseaux aux tenailles énormes. De son tablier dépassaient des maillets à tête en métal et en caoutchouc.

« Bonjour Mme Vorochilov. Je voulais vous inviter à prendre une tasse de thé avec moi... »

Les violons lançaient leur chant du cygne, suivit de tout l'orchestre dans un crescendo dramatique. Sa voisine lui souriait d'un sourire fatigué et triste. Inconfortable dans le silence se prolongeant, Nathalie poursuivit.
« Vous semblez très occupée. Je m'excuse de vous avoir dérangé. Une autre fois peut-être ?

— Je suis occupée mais cela ne signifie pas que l'interruption soit mal venue, répondit finalement l'aînée. Au contraire, j'aimerais bien avoir un peu de compagnie. Si vous ameniez le thé ici, nous pourrions discuter tout en me permettant de continuer ce que j'ai commencé. »

Nathalie ne se le fit pas répéter deux fois et revint promptement avec la théière, des tasses et un plateau de sablés qu'elle avait fait la veille en prévision de cette occasion. Mme Vorochilov était agenouillée devant une chaise de bois sombre et bien patinée dont elle avait déjà rembourré le dossier et le fond. Elle s'apprêtait à recouvrir le tout avec de belles pièces de cuir qu'elle fixerait à l'aide de cabochons de cuivre. En regardant autour d'elle, la jeune femme constata que la majorité du mobilier, que ce soit table, chaises, divan, fauteuils, bahut, tout était fait de bois et de cuir travaillé et décoré. Ça expliquait l'odeur de cuir, les coups et les bruits sur le parquet, mais pourquoi le 8 avril ?

Après avoir terminé le dossier, Mme Vorochilov s'assit à son tour pour prendre son thé. La discussion était polie et banale mais les yeux de Nathalie sollicitaient les explications que la bienséance l'empêchait de demander ouvertement. La dame, très perspicace, aborda le sujet sans détour.

« Mon mari faisait des meubles dans les vieux pays, mais sa spécialité, c'était le cuir. Quand il a été emporté par le cancer, il y a dix ans aujourd'hui, il m'a fait promettre de ne pas m'apitoyer sur sa mort, mais aussi de ne pas l'oublier. C'est ma façon à moi de tenir ma promesse. C'est ainsi que nous avions l'habitude de travailler : seulement nous deux avec la musique, dans notre petit atelier. Vous trouvez cela trop antique, probablement.

— Au contraire ! Je n'ai jamais rien vu d'aussi beau ! Et vous avez fait tout cela toute seule ! »

La journée s'écoula sans que les deux femmes ne voient le temps passer. La veuve confectionna ensuite le gâteau favori de son mari, puis elle décrivit à son invitée quel homme incroyable, bon et aimant il avait été. Nathalie était émue. C'était ça vivre, aimer, travailler à son bonheur, se remémorer ce qui avait été, pleurer... Mme Vorochilov ne pleura pas seule ce soir-là. Une digue s'était rompue dans l'âme de Nathalie. Après, épuisée, elle se sentit légère, libérée, épurée par les larmes. Il ne restait plus qu'un sentiment de paix jusqu'à la plus profonde fibre de son être. Après cette soirée qui les avait rapprochées, il n'y avait plus de Mme Vorochilov ou de Nathalie : c'était maintenant Anna et sa « petite Natalia ».

Toute bonne chose à une fin. On en était aux derniers examens. Nathalie regrettait de ne pas avoir fait la connaissance d'Anna plus tôt et déplorait le fait d'avoir à quitter cette femme qui était non seulement une voisine extraordinaire mais également une amie. Pendant ses dernières semaines au Cégep, elle ne se priva pas de passer ses trop peu nombreux moments libres avec elle, parlant botanique, littérature et musique. Elles firent ensemble les boites de la nouvelle diplômée quand vint le moment de déménager de l'autre côté de la rivière des Prairies.

La veille de son départ, Nathalie avait préparé un présent pour sa voisine. Dans une jolie boite de bois peinte, elle avait entassé de petits trésors : un livre de Tolstoï, un album de Wagner et des graines de fleurs pour orner les jardinières du balcon. Elle lui écrivit aussi une lettre la remerciant de son amitié et de ses bons conseils. Elle lui laissait son nouveau numéro de téléphone et son adresse, mais comptait bien lui éviter de se rendre au cœur de Montréal en promettant de lui rendre visite aussi souvent que possible.

Tandis qu'elle écrivait tout cela, elle entendit la sonnette du numéro quatre retentir impétueusement. Ce devait être un des enfants du cartier qui voulait faire une mauvaise blague. Mais non, puisque voilà Anna riant aux éclats en se mettant à parler dans une langue rapide et musicale pleine de « r » et de « j », dont les échos résonnaient dans la cage d'escalier. Nathalie ne comprenait pas un traître mot. « Ce doit être une vieille amie des vieux pays qui vient lui rendre visite », pensa-t-elle.

En sortant pour aller manger, car son réfrigérateur était complètement vide, Nathalie décida de déposer son présent chez Anna. Cognant distraitement, elle remarqua sur le paillasson de sa voisine une paire de chaussure en cuir très belle, des chaussures d'homme. Anna aurait peut-être un nouvel homme dans sa vie? Nathalie avait du mal à le croire. Ce devait alors être *un vieil ami* des vieux pays. Un grand jeune homme blond aux yeux bleu rieurs ouvrit la porte et regardait avec amusement une Nathalie à court de mot et de souffle. Anna parut enfin.

« Natalia ! Voici mon fils Alexandre qui était parti étudier en Europe depuis quatre ans et qui m'a fait la surprise de revenir sans m'avertir. Resteras-tu avec nous pour manger quelque chose ? »

Bien sûr qu'elle resterait.

L'INCROYABLE TÉLESPHORE MCCALLUM

Saint-Rémi-d'Amherst, Québec, Canada

Lorsque grand-père nous parlait de lui, il précédait toujours son nom de l'adjectif « incroyable » comme s'il s'agissait d'un numéro de cirque hors du commun. S'il l'affublait ainsi de ce qualificatif, c'est que l'homme en question était en effet hors du commun. Il l'avait côtoyé pendant un an seulement, mais ce court moment lui en avait appris beaucoup sur la nature humaine. Tout petits, nous nous asseyons révérencieusement autour de grand-père pour l'entendre maintes et maintes fois nous conter les aventures du mystérieux, de l'énigmatique, de l'incroyable Télesphore McCallum. Notre imagination en débordait. Il était le héros de nos jeux. Nos excursions nous menaient sur les mêmes sentiers qui avaient autrefois porté ses empreintes.

On présumait qu'il devait être de descendance écossaise ou irlandaise avec un nom pareil. Quant au prénom, nous étions convaincus qu'il ne pouvait y avoir sur la terre qu'un seul homme prénommé Télesphore. Grand-père le décrivait comme ayant des cheveux très raides et très roux, qu'il gardait extrêmement courts. Sans être difforme, son visage offrait peu de symétrie. De grandeur moyenne, il était très carré d'épaule, avec des jambes comme des troncs d'arbre, des bras semblant trop longs pour lui et des mains grandes comme des assiettes. Il était d'ailleurs réputé pour son coup de poing à assommer un bœuf, littéralement. Le taureau du maire s'était échappé une nuit et tous les hommes du village essayaient de le guider vers son enclos, munis de fourches. C'est finalement Télesphore qui eut raison de l'animal indocile, en lui assenant son poing entre les yeux. On avait d'abord cru que le taureau était mort parce qu'il s'était écroulé par terre, mais avec l'aide d'une étrange combinaison de coups de pied et de vigoureuses frictions par le même homme, il fut retourné d'où il était venu sans plus de tracas. Malgré son apparence peu attirante et sa vigueur exceptionnelle, Télesphore McCallum était doté d'une nature paisible et imperturbable, peut-être pour compenser à son extérieur contrefait.

Dans notre imagination, Télesphore était un surhomme, une machine, un Michel Strogoff que ni la faim, ni le froid, ni le manque de sommeil ne pouvait affecter. Garde forestier, il habitait à la tour à feu située sur la montagne à la base de laquelle grand-père possédait quelques arpents de terre. Il ne descendait pas souvent, et même pendant la saison froide et qu'il n'y avait aucun danger de feu de forêt, il restait souvent là-haut pour trouver un peu de solitude. D'un genre discret et peu bavard, les gens du village s'en méfièrent d'abord. Sujet favori des commérages, le bruit courait qu'il cachait une petite fortune dans un coffre de métal vert dissimulé quelque part dans les éboulis du côté sud de la montagne. On disait aussi de lui qu'il était un évadé de prison, un ermite, un espion russe, que son père était un ogre, et la liste continuait. Ces élucubrations étaient sans doute dues à son aspect déplaisant et son mode de vie d'ermite. Pourtant, quand on faisait plus ample connaissance avec ses qualités, ses traits paraissaient moins disgracieux.

Personne ne sût jamais avec certitude quel âge il avait. Il ne paraissait pas avoir plus de trente ans. Quoi qu'il en soit, il possédait un bagage d'expériences et d'aventures que peu d'hommes de cette génération pouvaient se vanter de posséder. Il avait roulé sa bosse un peu partout, sur terre et sur mer. Sur la côte Est, il avait pêché des nuits entières sur les chaluts et trié les maquereaux. Du Labrador au Yukon, plusieurs mines portaient son nom sur leur registre. D'est en ouest, il avait visité la plupart des grandes villes. Il était loin d'être bête, bien qu'il ait une préférence pour les emplois demandant plus de bras que de tête. À quel niveau avait-il poussé ses études, sur ce point tous se perdaient en conjectures mais chacun au village pouvait constater, en discutant avec lui, que Télesphore était bien instruit.

Toujours l'homme de la situation, les ressources de Télesphore semblaient sans fin. Pour fendre le bois pour l'hiver, pas un n'avait un coup de hache aussi sûr, aussi rapide ou aussi fort que lui. À la fonte du printemps, c'est lui qui avait mis les bâtons de dynamite dans l'embâcle grossissant sur la rivière Rouge, évitant bien des dégâts aux champs et aux bâtiments tant en amont qu'en aval. Quand les vaches de grand-père s'embourbaient dans le marais, dont elles raffolaient des herbes grasses, Télesphore lui prêtait main forte pour ramener les animaux négligents.

Une fois par mois, en bon voisin, grand-père l'invitait pour un repas. C'est à ces moments, en vidant une bouteille ensemble, que la langue de Télesphore McCallum se déliait. Comme piqué par une aiguille de gramophone, il lui arrivait alors de laisser échapper quelques détails sur sa vie dans un accès de joie ou de tristesse. Puis, il ramassait son chapeau qui ne le quittait en aucun cas et il remontait le sentier jusqu'à sa cabane, ou à la tour à feu. C'est ainsi qu'un jour grand-père découvrit que le surhomme avait une faiblesse à sa cuirasse : la belle Perpétue Ouellette. Grand-père avait juré à Télesphore de garder le secret, mais à nous, il pouvait maintenant tout raconter.

Avec sa placidité habituelle, il avait dit à grand-père en regardant à travers un verre de p'tit blanc que les pauvres et les laids tombaient toujours amoureux, et ce sciemment et sans espoir, de la plus belle. Grand-père vit tout de suite où il voulait en venir. Perpétue était la plus belle de toute la région mais la plus orgueilleuse également. Télesphore en était pleinement conscient, tout comme il savait que la seule raison pour laquelle elle lui adressait la parole quand ils se croisaient est qu'elle le considérait comme une curiosité de la nature. Peut-être aussi voulait-elle essayer ses charmes sur lui pour en apprendre plus sur le mythique coffret vert. Polie en sa présence, elle se moquait cruellement de lui quand il était parti. Télesphore savait cela aussi. Il ne s'attendait pas à d'autre chose de la part d'une jeune fille trop gâtée. Cet homme impénétrable et si fort en apparence se sentait avili d'avoir la faiblesse d'aimer celle qui ne le valait pas. Sa seule consolation était de penser qu'un jour, quand son beau et paresseux mari aurait bu toutes leurs économies, elle penserait à lui, le garde forestier difforme, pas nécessairement avec regret, mais en se demandant si sa vie pouvait avoir été meilleure avec Télesphore McCallum.

Une fois la froidure arrivée, Télesphore visitait grand-père plus souvent. Il remontait cependant fréquemment à la tour à feu, presque à chaque jour, beau temps ou mauvais temps. C'était un périple de près d'une heure en raquettes à travers un terrain accidenté pour un homme aguerri, mais Télesphore en mettait à peine une demi-heure. Il redescendait après le coucher du soleil et occasionnellement, quand la température était favorable, il ne redescendait pas du tout. De là-haut, il regardait les maisons du village, petites lumières scintillantes sur un tapis parfois sombre, parfois illuminé par la lune. Il s'accommodait du camp en bois du garde forestier si l'envie lui prenait d'y passer la nuit. Quand il passait la nuit dans sa cabane au pied de la montagne, il vérifiait de même le village une dernière fois du haut de son toit avant de s'accorder un peu de sommeil. Cette habitude nocturne lui permit un soir d'espérer altérer le fil des choses.

Il faisait très froid cette nuit-là, une nuit étoilée de la mi-janvier. Une lueur suspecte attira son regard vers la maison des Ouellette, un endroit qu'il connaissait bien mais où il évitait généralement de porter les yeux. Sautant directement du toit, il courut les trois milles jusqu'au rang des Ouellette. Les flammes s'élevaient déjà bien haut au-dessus de la demeure. Perpétue manquait à l'appel. La famille et les voisins regardaient l'incendie, consternés et sous le choc. Grand-père arrivait alors avec les pompiers volontaires mais aucun être humain dans son bon sens n'aurait songé à pénétrer dans ce brasier. Sans une seconde d'hésitation, Télesphore se rua à l'intérieur.

La devanture de la maison commençait à s'effondrer et des craquements sinistres se faisaient entendre de toute part. Télesphore ne reparaissait pas. Tous pensaient que c'était la fin pour lui et pour la belle. De derrière la maison, on vit alors venir en titubant une masse fumante sur laquelle rougeoyaient quelques tisons. Oui! C'était l'incroyable Télesphore McCallum. Il avait trouvé la jeune fille et l'avait lancée sans plus de façon par la fenêtre la plus proche. Se jetant à sa suite, il s'était vite défait de son manteau et de son chapeau en feu, avait couvert de neige les jambes brûlées de Perpétue, puis il avait ôté sa chemise pour en envelopper la belle. Ramassant alors son chapeau et son manteau encore parsemés de braises, il l'avait transporté jusque chez le docteur Rondeau.

J'aime à penser qu'à la suite de cette nuit-là, Perpétue changea de sentiment pour Télesphore, qu'ils eurent un beau mariage et vécurent heureux longtemps. L'histoire de grand-père fini autrement. Rien ne changea chez Perpétue, sinon pour le pire. Elle devint impossible à vivre même pour sa propre famille. Confinée au lit avec de sévères brûlures, elle souffrait beaucoup et le laissait savoir. D'orgueilleuse et moqueuse, elle devint amère, colérique et acerbe. Elle ne démontra jamais aucune once de gratitude pour Télesphore. Peut-être en éprouvait-elle, mais l'orgueil impitoyable dans lequel elle était pétrie gagnait sur le bon sentiment. Les Ouellette, quant à eux, ne cessaient de le remercier d'avoir sauvé la vie de leur fille. Ils exhortèrent cette dernière, la supplièrent, la menacèrent, rien n'y fit. Face à la réaction si injuste de Perpétue, le village entier avait pitié de Télesphore.

Au printemps, après avoir aidé les Ouellette à rebâtir, Télesphore se rendit chez grand-père pour lui faire ses adieux. Il s'était arrangé pour trouver un nouveau garde forestier car il lui était impossible de rester plus longtemps. La pitié des gens le rendait faible et vulnérable, disait-il à grand-père. Il ne voulait pas qu'on s'apitoie sur sa situation. Que pouvait-il faire d'autre que partir ? Devrait-il faire la lecture à Perpétue jusqu'à la fin de sa convalescence, pendant qu'elle lui crierait des injures ? Jamais il ne s'abaisserait jusque-là, même si c'était l'opinion générale du village. Rien ne toucherait jamais ce cœur dur et froid comme la pierre. Espérer autre chose serait un poison mortel dans ce cas.

Se retournant une dernière fois en quittant le seuil de la maison de grand-père, il dit sur un ton de prémonition : « Je me souviendrai d'elle, mais jamais avec nostalgie. Pour le restant de sa vie, quant à elle, chaque fois qu'elle verra une tour à feu, c'est à moi qu'elle pensera. » Il se mit à rire en jetant son sac sur son épaule, un rire qui fit mal à grand-père. Il savait que Télesphore McCallum s'en remettrait mais qu'on ne le reverrait jamais plus. L'homme incroyable quittait le village pour toujours.

Aujourd'hui, la tour à feu tient encore debout, quoique avec peine, et personne ne l'occupe plus depuis longtemps. Symbole d'une époque révolue, ce n'est plus qu'une cabine de bois perchée au faîte d'un entrelacement de tiges de fer et de câbles de métal qui battent au vent. Bien téméraire sont ceux qui y montent. Si on se donne la peine de marcher dans les boisés l'entourant, on y découvre des restes tordus et rouillés de poêle à bois, de chaudrons et même un vieux montant de lit en fer. Penser que ces objets avaient un jour appartenu à Télesphore nous remplissaient de respect et d'admiration.

Personne ne l'a plus jamais revu. Grand-père souhaite qu'il ait repris sa vie de vagabond. Pour ce qui est de la belle Perpétue, la prophétie de Télesphore s'est réalisée. Ne pouvant plus supporter la vue de la tour à feu, elle est partit vivre à la ville. Et la fameuse boite verte, personne ne l'a jamais trouvée.

L'ARTISTE QUI COURTISAIT MA FEMME

Kingston, Ontario, Canada

I l s'appelait Bagherra, comme dans *Le livre de la jungle*. Son meilleur ami s'appelait Baloo. Toute une coïncidence me direz-vous, mais les similitudes littéraires s'arrêtent là. Il était égyptien et son ami, russe, deux mondes aux antipodes. Le premier avait la couleur du sable chaud qui frange les pyramides, sans jamais en avoir senti la caresse sous ses pieds. De même pour Baloo : ses yeux bleu-gris n'avaient jamais vu les vastes étendues enneigées de la Russie.

Ils avaient grandis ensemble dans une atmosphère de camaraderie et partageaient maintenant notre grande maison de briques rouge avec plusieurs étudiants de l'université Queens à qui nous louions chambres. Arts, musique, littérature et érudition remplissaient la maison. Nos deux jeunes protégés avaient développé avec rapidité et aisance les traits et habitudes des étudiants : rester debout jusqu'à des heures impossibles pour écouter leurs discussions philosophiques; s'asseoir sur les marches du balcon pendant les après-midis ensoleillés et s'étirer paresseusement en laissant les chauds rayons leur caresser la peau; ou encore mieux, faire la grasse matinée le plus souvent possible.

Baloo était plutôt extroverti. Il s'entendait toujours bien avec tous les locataires. Bagherra, plus timide, gardait son affection et sa loyauté pour ma femme. Elle seule semblait comprendre et discerner ses humeurs complexes. Il lui témoignait sa reconnaissance par de petits présents laissés discrètement sur la table du portique. Parfois s'était quelques brins d'herbe ou de petites fleurs qu'il chapardait du jardin de la voisine. Elle cultivait un chaos de fleurs et de graminées à travers desquelles elle affichait des poèmes et des haïkus sur de petites pancartes. À l'occasion, il rapportait simplement une plume ou un autre trésor semblable trouvé sur son chemin. Ce n'était jamais élaboré ou hors de l'ordinaire, mais ma femme, créature sensible et intelligente, pouvait percevoir l'artiste caché en lui. Elle gardait dans un vase et dans sa mémoire les précieux souvenirs que lui rapportait Bagherra.

Baloo et Bagherra passaient des heures à la fenêtre. En haut de cette fenêtre, une araignée assez répugnante logeait. Baloo n'avait d'yeux que pour elle, chacun occupé à son propre jeu de chat et de souris, de prédateur et de proie. Mais Bagherra, dégoûté peut-être, aspirant à une occupation plus noble, regardait la vie qui se déroulait dans la rue à travers ses yeux d'artiste. Il suivait du regard les étudiants allant et venant pour leur classe. Que de modes et de styles vestimentaires il voyait défiler ! Parfois il semblait hocher de la tête avec modeste admiration, parfois paraissait frissonner d'horreur et avec raison.

Tous les jours vers quatorze heures, une vieille dame passait devant la fenêtre, portant un manteau trois-quarts fané aux motifs d'une autre époque, sentant la soupe et le biscuit soda. Elle ne manquait jamais de lui sourire en passant, sa démarche un peu lente et son maintien un peu courbée. Bagherra l'affectionnait particulièrement, presque autant que ma femme. Il prenait sa plus fière posture, son élégant profil abyssin aux allures de sphinx musclé bien en évidence.

Mais le soir, c'est vers ma femme qu'il allait immanquablement. Il partageait avec elle des moments de tranquillité sereine, un livre et une tasse de tisane entre eux. Quand elle s'en sentait le désir, ma femme ouvrait à l'occasion le boudoir ou se trouvait le piano et jouait des sonates et des arias. Bagherra y était aussi, assis à ses côtés, ses yeux félins suivant la danse qu'exécutait les mains blanches de ma femme.

Comme bien des artistes, malheureusement, Bagherra a fini sa vie prématurément. Nous nous sommes consolés, ma femme et moi, à l'idée que du moins, il était dans les bras de sa maîtresse quand il nous a quittés. Et toujours il restera dans nos cœurs cet artiste, ce chat sans pareille.

QUAND LA NUIT TOMBE SUR L'ÎLE

La Romana, République Dominicaine

L'air est encore chaud et chargé de l'humidité que de lourds nuages emprisonnent, au-dessus de la ville. Le vent est inexistant et un calme s'est installé dans l'arrière-cour. L'air est tellement immobile qu'il est possible de sentir les vibrations de la vie dans la nature et les agitations de l'île sous ses pieds.

La pénombre s'installe rapidement mais on distingue encore le fuchsia vibrant des bougainvilliers grimpants le long du mur de blocs de ciment. Au-delà du mur, le ciel est déchiqueté en teintes cendrées, avec une touche d'orange brûlé irradiant de tous côtés là où le soleil couchant cherche à percer la masse nuageuse. La mer a perdu sa couleur d'émeraude et les vagues paresseuses d'un gris d'acier viennent s'étendre sur la grève.

Sous le goyavier, appuyé à son tronc lisse et tacheté, quelqu'un hume le parfum sucré que dégagent les fruits mûrs dont les branches sont chargées. L'odeur est pénétrante, calmante, enivrante par son intensité. Même le souvenir du fumet délicieux du repas typique du midi, cette odeur d'ail rôti, de légumes et de fèves noires mijotant ensemble, de viande grillée et de riz fumant, ne peut la surpasser en exquisité.

Au loin, dans la ville, le son du sifflet de l'usine de canne à sucre se fait entendre une fois de plus, indiquant les pauses et les changements de quart de travail, marquant le temps qui passe. Les chiens errants aboieront de temps à autre, les insectes nocturnes commenceront leur concert insistant, mais rien ne dérangera les méditations de l'homme sous le goyavier. Un colibri se balance sur une branche au rythme de la musique des îles. L'homme attend. Elle viendra.

Un souffle de vent caresse sa peau, comme une mèche de cheveux l'effleurant au passage, créant en lui un désir d'autres enlacements de fraîcheur. Il s'avance pieds-nus vers le rivage, laissant le sable rouler sous ses talons, déborder entre ses orteils. Sur un promontoire de corail, la fondation même de l'île, la matière première de celle-ci, il s'assoit.

Son regard se porte vers une barque solitaire en eaux peu profondes. Il l'observe un instant mais connaît bien la manœuvre du pêcheur : il ouvre son filet, l'étend sur son bras, rame un peu au hasard, lance le filet à la droite du bateau, met sa jambe à l'eau à la gauche du bateau et brasse l'eau de sa jambe dans l'espoir que quelques poissons affolés se prendront dans son filet. Parfois c'est le succès, parfois c'est l'échec. Parfois il doit écoper car sa barque prend l'eau. Et le manège se répétera encore et encore, tout comme lui l'attend, elle, et l'attendra encore, et l'espérera encore demain.

Il reprend sa marche le long du rivage. Il sait qu'elle viendra car le vent a tourné. Elle viendra dans toute sa splendeur, lorsque le vent portera des relents de sucre et de mélasse. Sensible au subtil changement dans l'air, un frisson agréable lui parcours l'échine. Il étend sa peau brûlante sur le sable humide et laisse les vagues glisser le long de ses jambes, l'embrassant de fraîcheur à chaque passage, sensation qu'il croyait impossible quelques heures plus tôt. Les yeux clos, il l'attend. Il doit être patient, lui laisser le temps de se parer, de se faire belle. Il n'ouvrira pas les yeux, tant qu'il ne sera pas certain qu'elle soit arrivée.

Peut-être a-t-il sommeillé, bercé par la voix de la mer. Lorsqu'il s'éveille, il est dans les bras de sa belle, enveloppé de ses cheveux du noir le plus pur, parsemés de diamants scintillants. Belle comme la nuit, elle est la nuit, la nuit calme et fraîche qui tombe sur l'île.

RÉMINISCENCES D'ORIENT

Riyad, Arabie Saoudite

Il est un peu avant midi. Sous le soleil de plomb, il fait une chaleur torride et étouffante qu'aucun souffle de vent ne vient apaiser. Les rues étroites sont envahies de gens de toutes origines, drapés dans d'amples vêtements multicolores. Dans l'air brûlant, l'odeur des corps humides et des bêtes entassées, de la poussière et des milliers de parfums d'épices, c'est l'odeur de mon pays.

L'activité fébrile qui anime cette foule incontrôlable l'entraîne inévitablement vers le souk, le marché. Cet endroit représente pour mon jeune esprit toutes les merveilles de l'univers. Pendant que je me faufile parmi le peuple, j'observe autour de moi cette marée humaine et je me sens intensément ému d'être en vie.

Pris entre les cris des vendeurs et des animaux, le bruit est assourdissant. Sur la place publique comme dans le dédale de ruelles, les boutiques et les ateliers grouillent de vie : étalages de fruits lisses ou rugueux, poilus ou brillants ; empilement de légumes étranges et de toutes formes ; crieurs publics annonçant posséder la meilleure qualité ; jeunes gens faisant les courses pour leurs maîtres ; tapis brodés et tissés aux riches teintes et étoffes précieuses aux couleurs vives. Tous les jours sont pour moi une fête de l'âme et du cœur dans cette atmosphère stimulante et débordante d'énergie.

En continuant de flâner, après m'être repu de tant de scènes attirantes pour le regard, je m'éclipse en empruntant un labyrinthe de terre battue et de pavage qui sillonne entre les masures entassées. Je me sens observé par des ombres qui passent aux fenêtres. Déjà, l'agitation du marché n'est plus qu'un murmure lointain et confus. Le silence de plus en plus présent me donne un sentiment de repos du corps et de l'esprit semblable à celui que l'on ressent après un effort intense.

Derrière le mur effrité d'une cabane, j'aperçois le profil gracieux d'une palmeraie de dattiers près du Wadi Hanifa. En y entrant, je me remplis d'un calme intérieur. Souvent, je pense à mon père pendant ces moments de paix, l'homme sur terre pour qui j'ai le plus de respect et qui m'a transmis le plus noble héritage qui soit, la profession de chamelier.

Pour chaque homme dans ma famille, c'est un honneur de transmettre de génération en génération les connaissances étendues de chamelier et de méhariste, accumulées depuis des centaines d'années par nos ancêtres, propriétaires de haras. Je suis né dans le désert et le sang de mes ancêtres coule dans mes veines. Le vent chaud et sec est une caresse. Le sable est un membre de la famille. L'oasis est un ami précieux. La nuit glaciale est notre alliée pour le mystère et l'intimité. Nos troupeaux son notre moyen de subsistance. Nos méharis sont notre raison de vivre.

Je me souviens du temps où je coursais en tant que méhariste. Il m'a fallu me tailler une place dans ce monde clos. Je ne suis pas dans l'élite mais je suis tout de même satisfait. Mon caractère emporté s'exalte à l'approche d'une course. Indifférent aux bêtes qui blatèrent en envahissant la piste de sable et aux éclats de voix des autres concurrents, je me concentre sur ma monture, un dromadaire choisi pour sa vitesse, la forme ronde de ses pattes qui portent mieux sur le sable et de nombreux autres critères obtenus après de multiples croisements. La fièvre qui m'anime alors se propage à mon méhari. Bientôt, sur l'étroite selle, je ne formerai plus qu'un avec la bête. La joie sauvage de la vitesse me fait frissonner tandis que j'excite le dromadaire à aller toujours plus vite. Nous courons dans la même unité et dans le même esprit vers le même but : le dépassement de soi-même, l'augmentation continuelle de ses forces, de son talent. C'est un des principes de vie que mon père m'a appris. Endurcir son corps contre les éléments de la nature, se surpasser continuellement, exceller dans tout ce qui nous est possible de développer.

Je suis trop vieux maintenant pour être méhariste, même si j'ai à peine vingt ans. Être de petite taille et de poids léger est essentiel dans ce domaine. La nature m'ayant doté d'une constitution plutôt forte, j'ai dû délaisser la course mais je continue l'élevage et l'entraînement des méharis. Je ne me lasse pas de ce métier, cependant, je me prends parfois à rêver. J'aimerais posséder mon propre haras pour y faire l'élevage de mes chevaux que je ferais courir. Leur vitesse me grise et m'attire. Leur grâce et leur élégance ne sont même pas à comparer avec les chameaux. Ils sont d'une classe supérieure dans la hiérarchie des animaux.

Perdu dans mes pensées, je ne m'étais pas rendu compte que j'étais sorti de la palmeraie. Par habitude, mes pas m'ont amené jusqu'au caravansérail, endroit où les caravanes en provenance de tous les points cardinaux font halte. Marchands et commerçants y arrivent et en repartent, chargés des produits de leurs ventes. Ils s'entêtent à marchander avec leurs clients, ce qui est une coutume et presque une règle de simple politesse. Je peux passer des heures à observer passer et repasser les troupeaux de bétails, particulièrement les chevaux, les magnifiques pur-sang arabes aux pattes fines et aux lignes parfaites ou les alezans dorés, rares et à la cambrure délicate.

Soudain je la vois : elle se tient, droite et altière, superbe au milieu de ses compagnes. J'entends le son des clochettes qui tintent à chacun de ses mouvements. Vision féerique digne de faire figure dans un palais, son profil pur et ses traits bien dessinés m'éblouissent. Je voudrais m'approcher d'elle mais une foule nous sépare. Ses immenses yeux noirs bordés de longs cils semblent effrayés à la vue de tant de mouvements. Avec moi elle n'aurait rien à craindre. Je saurais la rassurer et la calmer par mes attentions et mes soins. Je donnerais n'importe quoi pour qu'elle soit à moi. Elle est couverte d'un tissage sans valeur mais sa joliesse n'en ressort que plus. Elle possède le charme sauvage des étendues désertiques. Fou que je suis ! En l'espace d'un instant j'ai perdu ma liberté, enchaîné à son image. Elle s'en va, est-elle déjà vendue ? Une jalousie sans nom m'empoigne. Un vide froid m'envahit après que ce soit éteint le feu de l'orient.

Je bondis comme un déchaîné, je fonce, je bouscule, mais en vain. Plus le temps passe, plus je réalise l'absurdité de cette brusque passion qui m'a saisi comme un spasme jusqu'aux entrailles. Mon esprit se torture en imaginant ce qui aurait pu être. Je ne musarde plus dans les rues pour profiter du soleil et de la compagnie des gens, le bourdonnement de leurs voix m'est bien pénible car je souffre, fatigué des pensés sans suite qui me traverse à toute vitesse. Je trouve refuge dans le demi-jour frais et calme de cette même palmeraie de dattiers qui m'accueillit un peu plus tôt. Appuyant mon front brûlant sur le tronc d'un arbre, je me jure qu'un jour je posséderai d'aussi beau chevaux que la jument alezane que j'ai aperçue cet après-midi au caravansérail.

LE MONSTRE

Le fléau universel qui tue sans discrimination

J e vis avec un monstre. Jour et nuit, semaine après semaine, je ne connais de trêve. Ce monstre a envahi ma vie, empoisonné mon existence, corrompu jusqu'à la fibre la plus reculée de mon être. Je me suis dit : « Il y a erreur. Ils ont tort. C'est impossible que cela m'arrive. » Ils secouaient la tête doucement, leurs yeux compatissants faisant foi d'avoir été témoins de scènes semblables à maintes reprises.

Ce que je lis dans le regard de famille et amis, c'est de la peur, de la pitié, de l'effarement. J'évite leur compagnie. Je ne veux pas entendre leurs paroles consolantes. Je n'ai nullement besoin de leurs recommandations, quoique bien intentionnées. Toute société m'irrite à un point tel que j'en crierais. Je préfère m'isoler, tel un chat qui s'installe à l'écart pour lécher ses blessures.

J'ai recherché, étudié, essayé toutes les ressources disponibles. Comment est-il possible, en ce siècle où tout nous semble à portée de la main, qu'il n'existe pas de remède au plus grand fléau accablant l'humanité ? Je rage contre une génération qui privilégie la gratification instantanée en méprisant les conséquences ; contre les grandes compagnies qui affichent et rendent séduisant ce qu'elles savent être néfaste ; contre un système au rouage lent où l'on se perd aisément dans les failles nombreuses et où l'argent est dépensé sans trop de scrupules ou de priorités. Je brûle de colère contre le monde, contre tous ceux qui permettent que les choses se passent ainsi.

Cette lèpre intérieure qui ronge mes organes, invisiblement, me vaincra en silence. Elle aura le meilleur de moi, me détruira. Comme une fourmi que l'on écrase s'en même s'en apercevoir, qui s'en soucie vraiment ?

J'ai l'impression d'être coincée dans un tourbillon étourdissant et irréel à l'intérieur duquel les événements se précipitent. Quant à mon entourage, certains prétendent comprendre, offrant une oreille attentive, une épaule compatissante. Quelques-uns me submergent de conseils et me sermonnent tout en m'adjurant d'essayer des solutions draconiennes. D'autres nient le tout, faisant l'autruche. Ils préfèrent s'engourdir dans la dénégation. Bientôt, même des étrangers dans la rue verront les signes et éviteront de poser les yeux sur moi, embarrassés. Mon état sera exposé au grand jour. Je ne peux plus désavouer le monstre. Mais je suis forte. Je peux m'en sortir. Je vais m'en sortir.

J'analyse ma vie, les actions et les décisions que j'ai prises qui auraient pu provoquer ou alimenter ce mal. Je ne comprends pas. Pourquoi moi ? Si c'était tout à recommencer, sachant ce qui m'attend, aurais-je agit différemment ? Si une autre chance m'était donnée, je la prendrais sans hésiter. Je suivrais toutes les règles les plus strictes, les jeûnes, les cures, les exercices, l'alimentation sans sucre, sans gras, je ferais tout, vraiment. Et si je commençais maintenant ? Pourrais-je renverser ce monstre, faire reculer le temps, ou seulement rajouter quelques mois, quelques années à ma lutte ?

Je ne suis pas la première dans cette situation. Plusieurs font face à pire. Quelle injurieuse consolation ! Les salles d'attentes sont bondées. Maints de ces malheureux sont seuls. Imperceptible à l'œil nu, parfois ils souffrent en silence, érodés moralement par une maladie mentale. Il y a ceux qui sont pris soudainement par un tragique accident. Rien ne crève autant le cœur, cependant, que de voir de jeunes enfants dont la vie sera écourtée par le monstre. Ils sont à la fois ceux qui m'amènent les larmes aux yeux et le sourire aux lèvres. Ils ont une force et une grandeur d'âme insoupçonnée dans leurs petits corps frêles. Au moins, j'ai eu une existence heureuse, agréable et bien remplie jusqu'à maintenant.

J'aurais pu être emportée dans un glissement de terrain ou être écrasée sous les décombres lors d'un tremblement de terre. J'aurais pu être frappée par la foudre ou enlevée par une tornade. Rapide, sans avertissement, sans dilemme. Ces alternatives me semblent plus attirantes que ce que m'offre le monstre : la certitude de sa mort qui viendra prochainement, lentement. La mort à petit feu. Si j'avais vingt ans de plus, je ne me rebellerais pas ainsi. Je suis trop jeune.

J'ai pensé à mes enfants, à mon conjoint, et mon amour pour eux m'a motivé à ne pas baisser les bras quand mes cheveux sont tombés, quand le sommeil et l'appétit m'ont quitté. J'ai réalisé que l'on prend souvent les simples bonheurs de la vie pour acquis. Quand ils nous sont arrachés, quand la douleur et la faiblesse nous empêchent d'en profiter, c'est à ce moment que nos yeux s'ouvrent et que ce qui est vraiment important revêt un sens nouveau. Je veux vivre aujourd'hui sans me soucier de demain.

Pendant la nuit, mes pensées évoquent malgré moi frayeur et inquiétude, faisant fuir le sommeil dont j'ai tant besoin. J'abhorre ces méditations qui me font songer à ceux que je devrai quitter trop tôt. Je suis pétrie d'angoisse pour mes enfants. Comment leur expliquer, les préparer pour ce qui est maintenant inévitable ? Ils ont encore besoin de moi comme j'ai encore tant besoin d'eux ! Je leur avais promis que je serais toujours là pour eux. Une des nombreuses promesses que je devrai briser. Je ne les verrai pas recevoir leur diplôme. Je ne serai pas sur les photos de famille le jour de leur mariage. Je ne bercerai pas mes petits-enfants. Ces joies et fiertés de parent auxquelles je songe si égoïstement me sont volées par le monstre. Je ne pense qu'à mes deuils quand mes enfants vivent tant de souffrance ! Ils arborent une figure courageuse et vaillante devant moi mais je sais qu'une fois seuls, ils pleurent souvent.

Mon cher mari, le seul homme de ma vie, que deviendra-t-il ? Lui qui a été d'une force morale remarquable, un support continu, une source d'encouragement dans mes moments les plus sombres, je le sens faiblir. Il s'écroule mais croit me le cacher. Il travaille d'arrache-pied sur des projets que je lui avais demandés depuis plusieurs années. C'est sa façon à lui de me dire qu'il m'aime, tout en étouffant sa tristesse. Je déteste être la cause de son chagrin. J'ai honte du dérangement et des soucis que je lui suscite. J'ai le sentiment d'être un tel fardeau sur ses épaules. Une partie de moi se dit que bientôt il pourra se reposer, vivre son deuil et refaire sa vie. Il sera là pour nos enfants. Sa famille et ses amis seront là pour lui. Éventuellement il rencontrera quelqu'un dont il aura besoin. Je me révolte, pleine d'amertume et de jalousie, à l'idée d'une autre. Je l'aime tant. Je veux qu'il soit heureux, qu'il recommence à rire et à danser. L'homme merveilleux qu'il est se réveillera.

Mes secrets les plus noirs me pèsent. Ils ne sont pas si noirs que cela mais la perspective d'un perpétuel et profond silence m'incite à rechercher le soulagement que les partager m'apporterait. Ironiquement, parmi le flot continue de visiteurs à mon chevet, on croirait que certains sont venus vers moi pour se confesser, pour que j'emporte dans la tombe avec moi ce qu'ils n'osaient pas répéter à quiconque. À moi pourtant, qui compte les jours qu'il me reste, ils soulagent leur conscience de leur de leurs regrets, de leur erreurs irréparables.

On s'empresse aussi de m'avouer combien j'ai été importante pour eux, de l'impact que j'ai eu sur leur décision, sur leur vie. Cela m'a appris qu'il ne faut jamais sous-estimer la valeur d'une phrase toute simple, d'un conseil anodin ou d'un geste gentil. J'ai toujours reçu compliments et louanges avec embarras mais ça me réchauffe le cœur d'entendre ces éloges. Pour une fois, je vais sincèrement les accepter et en cajoler mon âme.

Certaines batailles sont perdues d'avance. La mienne est de celles-là. Je continue tout de même à me débattre, faiblement, sans grande conviction. Ne serait-ce que pour moi-même, je ne suis pas certaine que j'aurais poursuivi le combat contre le monstre avec autant d'acharnement. Le désir de vivre est encré profondément, plus fort que je ne l'aurais cru. Je perds néanmoins progressivement le goût de subsister, de façon proportionnelle à mes forces qui m'abandonnent. Je sais que bientôt je ne serai plus moi-même. Je ne me reconnaîtrai plus. Ça n'a plus beaucoup d'importance maintenant. La colère ne m'anime plus, elle ne me porte plus. Rien n'altérera le cours de la route sur laquelle je suis. Je me sens si impuissante. Je trouve pourtant la force de consoler et réconforter les miens. Le rôle de mère, d'épouse ou d'amie me restera tant que je parlerai, aussi longtemps que je pourrai soulever les bras pour en entourer quelqu'un.

Je m'épouvante et me répugne. Le reflet que je vois dans le miroir n'est pas le mien. Ces yeux cernés enfoncés dans leurs orbites, le teint jaunâtre, les protubérances osseuses qui saillent partout, les masses qui déforment le reste de ce corps, de mon corps ! Une odeur de mort me suit constamment. La panique m'envahit quand je pense à ce monstre qui me mange molécule par molécule, qui me déforme, me décharne. J'ai l'impression d'être déjà sous la terre, les vers mangeant mes chairs.

Étrangement, je ne ressens plus tristesse, fureur ou affliction avec la même intensité. J'ai un sentiment de paix avec moi-même. Je crois que j'en suis venu à accepter ma situation. J'admets la réalité. Je vais mettre mes choses en ordre. Je veux aussi écrire une lettre pour chacun de mes enfants. J'ai enfin trouvé les mots pour les aider à vivre les étapes de leur deuil.

Ce soir sera probablement le dernier soir que je passerai dans ma maison. J'appuierai ma tête une dernière fois sur la poitrine de celui que j'aime, que j'ai aimé et qui a partagé ma vie, cette maison et ce lit depuis près de trente ans. Je ferai mes adieux à mon cher foyer où sont nés et où ont grandi nos enfants. J'en franchirai le seuil une dernière fois. Eux y reviendront, sans moi.

Je me coucherai dans un étroit lit blanc, où je cesserai de combattre contre la lassitude qui m'emporte. Quelqu'un devra me faire manger, me laver, me changer. Toute indépendance me sera enlevée par ce monstre. Il me restera bien peu de dignité. Les soins et l'amour de ma famille seront ce qui fera la différence. Leur présence et leur affection sera tout ce qui compte pour moi dorénavant.

Je me dessèche. Je me ratatine. Dans mon cerveau malade lui aussi, la confusion s'immisce. Je rêve tout éveillée ou bien je dors et ce n'est qu'un cauchemar. Mes souvenirs s'envolent un à un. Quand mon corps décharné et affaibli n'en pourra plus, quand j'aurai dépassé la limite de ce que je peux supporter, je les rassemblerai tous pour un dernier adieu. Je suis prête à partir. Quand l'est-on vraiment ? Dans mes veines, on injectera finalement le cocktail qui me fera sombrer dans un semi-coma, pour m'éviter l'agonie d'une lente noyade. Ils me murmureront à l'oreille que tout va bien aller, qu'ils acceptent de me laisser partir, qu'il est temps. J'ai besoin de ce consentement. Ce sont les paroles finales qui me libéreront, qui permettront à l'étincelle de vie en moi de finalement s'éteindre. La dernière chose que j'entendrai sera la voix de mes braves enfants me chantant à travers leurs larmes.

On banalise, on ignore les signes, on temporise. On se lève un jour comme les autres, et on réalise qu'il est trop tard. Alors, c'est le choc. Tout devient flou, la pièce tourne, les mots ne sont plus que des sons qui n'ont aucun sens. Sauf pour cette phrase : « Vous avez un cancer. » Le retour à la maison tient du miracle. Votre monde s'effondre. L'adversité dévoilera de quelle sorte d'étoffe tous sont fait, en commençant par vous. Une personne sur quatre sera atteinte d'un cancer. Vos chances sont assez élevées.

Profitez donc de chaque instant que vous avez avec la personne que vous aimez. Restez, ne serait-ce que deux minutes de plus, blotti contre elle le matin avant d'aller au travail. Dites à vos enfants plus souvent combien vous êtes fier d'eux et combien vous les aimez. Serrez vos amis dans vos bras, n'attendez pas une occasion spéciale pour le faire. Qui sait si ce n'est pas ce dont ils avaient justement besoin ? Embrassez la vie et chaque journée qu'elle vous offre. Laissez votre cœur éclater de joie. Chaque jour, mettez un rayon de soleil dans la vie de quelqu'un. Profitez des petits bonheurs quand ils se présentent, ne repoussez pas à plus tard. Personne ne peut dire ce qui vous est réservé pour plus tard, alors soyez heureux dès maintenant.

CONTE DE FÉE À L'ANGLAISE

Proche de Lyndhurst, Hampshire, Angleterre

11 janvier 1921

U n fort vent venant du nord-est a soufflé toute la nuit des grains de glace tintant contre les fenêtres du train. Au matin, la bourrasque a ensuite fait place à une tranquille neige blanche et lumineuse. La beauté du paysage égaie un peu ma solitude, car seule je suis. Pourquoi ai-je accepté cet emploi si loin de tout ? C'est la question que je me repose sans cesse depuis que le chauffeur (qui était tout à fait ivre) est venu me chercher à la gare. Comment quelqu'un peut-il oser s'enivrer alors qu'il travaille pour son maître ? Je remercie Dieu d'avoir créé les chevaux avec l'instinct sûr pour retrouver le chemin de leur écurie !

Le Manoir de la Pinède est exactement ce qu'il dit être : une vaste demeure dans une dense forêt de pins. Jusqu'à maintenant, c'est la seule chose qui soit fidèle à son nom. Les domestiques ont l'air d'une bande de fouines indiscrètes qui se divertissent en disant du mal de leur maîtresse mourante, plutôt que de fidèles serviteurs. Il est certain que je ne serai jamais dans leurs bonnes grâces avec mes normes élevées sur l'honnêteté, l'exactitude et le travail. Quoi qu'il en soit, je préférerai toujours ma solitude à leur compagnie, même si je dois passer à leurs yeux pour une subalterne condescendante.

Je suis repue de fatigue mais on m'a mise à mon poste dès mon arrivée. La vieille dame malade, Lady Wolsey, est très agitée et exige beaucoup de patience et de calme, deux qualités qui manquent lamentablement aux filles de cette dernière. Margaret, l'aînée, est une brunette de taille moyenne et un peu corpulente, le résultat de trois grossesses et du même nombre d'enfants. Je comprends que sa patience soit épuisée. Alice, grande et mince avec des cheveux noirs, a quelques années de plus que moi seulement. Elle me paraît du genre à claquer les portes et à s'enfermer dans un silence rageur, tout le contraire de sa sœur qui se lamente haut et fort pour un rien.

Elles ont été polies avec moi, m'offrant un bol de soupe et une tranche de gâteau aux fruits, puis elles m'ont conduit à ma chambre. Elle est un peu plus grande qu'un placard, mais c'est la pièce la plus proche de la chambre de Lady Wolsey, directement en face pour être exacte. J'ai un lit, une table de chevet et une fenêtre, c'est tout ce qu'il me faut. J'ai ensuite été introduite dans la chambre de Lady Wolsey, après quoi les deux sœurs se sont sauvées à toute allure.

La chambre de la vieille dame est très différente de toutes les chambres de mourants qu'il m'ait été donné de voir. Elle est vaste, quoiqu'un peu encombrée par plusieurs armoires et un lit immense. Deux grandes fenêtres à carreaux drapées de légers rideaux de pâle mousseline verte maintiennent un bon éclairage. J'aime la mousseline verte. La lumière qui filtre à travers les branches de pins flanquant ce côté du manoir fait baigner tout ce qu'elle touche dans une atmosphère presque irréelle. Plusieurs vases remplis de fleurs séchées trônent sur les meubles recouverts d'une multitude de napperons crochetés.

Lady Wolsey, quant à elle, m'apparaît comme une femme excessivement sèche et ridée, minuscule au milieu de ce lit qui semble l'engloutir. Les membres du côté droit sont déjà tordus par la paralysie. Elle est agitée, c'est vrai, dans une sorte de délire où elle confond passé et présent avec de courts épisodes de lucidité. Pendant l'un de ces épisodes, elle m'a regardé longuement, intriguée.

« Je ne vous connais pas, jeune fille. Vous êtes bien impertinente de rester assise là à me dévisager sans rien dire. Présentez-vous donc ! »

Ce que je fis, sans prendre offense du ton de la vieille dame. Elle se mit à rire, un rire grinçant et moqueur.

« Vous êtes très jeune, et pas très jolie. Malgré cela, il y a quelque chose qui me plaît dans votre physionomie, dans vos yeux. Vous n'êtes pas de la même trempe que mes filles. Celles-là, elles évitent de me parler et même de me regarder. Elles croient que je n'entends pas ce qu'elles se chuchotent sur mon compte. Filles ingrates ! Il faut avouer qu'elles n'ont pas tous les torts car j'ai été une vieille chipie toute ma vie. » (Ce sont ses propres mots.)

Dans ses périodes de délire, elle fait pitié à voir, étreignant les couvertures de sa main valide dans son désespoir et son incompréhension de ce qui lui arrive. Même au plus fort de sa maladie, ses secrets restent scellés dans son cœur. C'est toujours mieux ainsi. Je ne peux m'empêcher de ressentir de la compassion pour cette vieille âme, désertée par ses filles et dénigrée par ses domestiques. Je dois cependant me promettre de ne pas me laisser attendrir cette fois-ci.

Je ne savais pas qu'il était si difficile de soigner les gens et de les accompagner jusqu'à leur mort. Il y a d'abord eu Mamie Reid, ensuite M. et Mme Fergusson, qui se sont suivis, dans la vie comme dans la mort, sans oublier la comtesse Van Tassell. Je me suis attaché à chacun d'eux pendant leur maladie et chaque fois qu'un partait, mon cœur se déchirait. J'ai trop de blessures maintenant pour me permettre une autre meurtrissure de ce genre. Cette fois-ci je resterai sur mes gardes et je ne m'attacherai pas. C'est pourtant dommage, le sans-gêne et les manières brusques de Lady Wolsey me mettent à l'aise. Du moins, il n'y a rien de faux dans un tel langage, pas de parole mielleuse comme la cuisinière qui cherche à me prendre par la douceur pour que je lui révèle ce que sa maîtresse expose dans ses divagations !

15 janvier 1921

Margaret et Alice montent rarement à la chambre de leur mère depuis que je suis ici. Cela n'a pas grande importance puisqu'elles retournent à Londres aujourd'hui, auprès de leurs maris, deux banquiers, si je peux croire ce que la cuisinière tenait à me confier. Le calme va enfin revenir. Elles, ainsi que les domestiques, en ont assez que la vieille dame s'obstine à vouloir rester en vie. Il s'est écoulé à peine deux semaines depuis l'attaque qui a paralysé Lady Wolsey mais son esprit est complètement revenu à la « normale », selon la femme de chambre. Elle a des sautes d'humeur terribles et je ne blâme pas ses filles de vouloir quitter le manoir. D'ailleurs, si leur mère était aussi odieuse qu'elles veulent bien le faire croire, il est aisé de concevoir pourquoi l'attachement filial est si fragile dans cette famille. Je ne peux pas blâmer Lady Wolsey non plus de tempêter contre son autonomie et sa dignité perdues. Cela doit être dur. Je peux seulement m'imaginer à sa place, sauf que je serais dans une mansarde insalubre ou dans un sanatorium... Je ferais mieux de ne rien imaginer du tout !

J'apprécie les heures de répit que je peux obtenir de temps à autre quand la femme de chambre est d'humeur à prendre ma place. J'en profite alors pour me promener dans la pinède. Elle est parcourue de sentiers s'entrecroisant. Le climat ici est propice à créer de longues bandes de brume qui s'effilochent dans les branches des pins. C'est charmant à voir et délicieusement reposant de se promener à travers ce paysage féerique.

25 janvier 1921

La dame a eu une nouvelle attaque la nuit dernière, beaucoup plus violente que la première. Elle est vraiment affaiblie et totalement paralysée, et le médecin croit qu'elle n'en a plus pour longtemps. Margaret et Alice viennent tout juste de revenir en catastrophe et sont au chevet de leur mère en ce moment. Pourquoi se précipiter au chevet d'une mère mourante pour laquelle elles ne ressentent qu'aversion ? Pour attraper son dernier souffle, des excuses ou sa bénédiction ? C'est trop tard, je doute qu'elle ne puisse jamais reparler.

Tout ce qui était relativement difficile voilà deux jours est maintenant tâche plus ardue encore. J'ai parfois besoin de Grace, la femme de chambre, pour tourner et changer Lady Wolsey. Cela me répugne de savoir qu'elle abreuve de détails les autres domestiques sur l'état déplorable de la pauvre dame. Tout fini par se savoir dans cette maison.

Margaret a amené ses enfants avec elle cette fois. Elle ne pouvait pas se séparer de nouveau de ses mioches mais elle est hystérique et bonne a rien pour s'occuper d'eux, encore moins pour administrer la maison. Elle a recruté les services d'une cousine de son mari pour s'occuper des enfants pendant qu'elle et Alice essaient de remettre de l'ordre dans les affaires de leur mère et de gérer les domestiques. Quelle pagaille ! La cousine a des airs de revue de mode, pas de gouvernante. Des boucles blondes parfaites, une taille élancée, des vêtements la mettant en valeur, elle est tout ce que je ne suis pas. Même son nom lui va bien : Sandie. Des cheveux qui restent éternellement indécis entre le brun et le roux, garrottés dans une coiffe, un corps fait assez fort pour travailler aux champs, le tout ensaché dans un uniforme pas très flatteur, voilà une description très exacte de moi. Une femme ne devrait jamais faire ces exercices d'analyse et de comparaison, à moins qu'ils ne soient à son avantage.

Margaret et Alice ont contacté leur frère en voyage en Orient, pour qu'il revienne le plus vite possible et prenne ses responsabilités d'aîné. (Des détails que la soubrette brûlait encore de me dire.) Il saura tenir les domestiques à leur place et s'occuper des affaires du manoir, lui. Je l'espère pour nous tous.

30 janvier 1921

Lady Wolsey nous a étonnés. Cette femme a une volonté de fer ! Elle parle à nouveau, quoique très lentement et faiblement. Elle peut même remuer un peu sa main gauche. Elle n'a plus de ces sauts entre colère et dépression. Elle me demande de lui lire des passages de ses livres favoris. Ces livres se trouvent dans une bibliothèque garnie des meilleurs auteurs, située dans un petit boudoir communicant avec sa chambre. (Le manoir recèle de coins secrets et de portes dissimulées. Lady Wolsey m'a révélé la présence de ce réduit, car je ne l'aurais jamais remarqué.) Ce boudoir est certainement l'endroit le plus charmant de tout le manoir. Les murs sont tendus de draperies représentant des scènes de campagne. Appuyée contre un mur sous une fenêtre haute et étroite, une accueillante causeuse bleue attend qu'on vienne s'y installer pour lire. Un petit secrétaire fermé à clé, une chaise Louis XIV et la bibliothèque en complète le mobilier. Évidemment, il s'y trouve aussi des vases de fleurs séchées et des petits napperons crochetés, comme dans chaque pièce de la maison.

Dès les premières lueurs de l'aube, Lady Wolsey exige d'être installée de façon à voir le soleil se lever. (Une des fenêtres donne vers l'est.) Elle insiste pour avoir sa toilette faite et ses cheveux coiffés avant la visite journalière du médecin. Elle veut profiter au maximum de chaque minute qui lui reste à vivre. J'aime son attitude. Elle demandait à manger du rosbif mais je lui ai refusé ce repas car c'est moi qui l'aide à manger et je sais par expérience qu'elle s'étoufferait avec cette viande, même noyée de sauce. Je me serais fait mettre à la porte sans l'appui du médecin! Il a ordonné une diète d'aliments mous, presque liquides.

« Je ne suis pas un bébé, Docteur Miller, grommela-t-elle, pour manger de la purée ! »

Cela va faire jaser les domestiques pour une autre semaine, si Lady Wolsey vit pour ce temps. J'ai trouvé des primevères précoces que j'ai arrangées dans un vase auprès d'elle. Elle qui semble apprécier les fleurs, j'espère que ça l'aidera à garder le moral.

7 février 1921

Lord Wolsey est de retour. Au dire des serviteurs, il n'avait pas remis les pieds ici depuis six ans. Dès son arrivée, il s'est entretenu seul à seul avec sa mère pendant plusieurs heures. La pauvre en a été épuisée mais elle paraissait sereine. Fils aîné ou pas, j'aurais dû lui reprocher son manque de considération pour l'état de sa mère, mais cela se voit tout de suite qu'il n'obéit qu'à sa propre volonté. Sa présence a rasséréné les trop nombreuses femmes qui essayaient de diriger cette maison. Ils sont tous au salon en ce moment et, au lieu d'entendre jérémiades et lamentations, je distingue maintenant des rires et le son du piano. C'est un très beau piano à queue, couvert de napperons crochetés.

Le fils, Lawrence, est une addition intéressante aux membres de la famille. Mis à part ses connaissances étendues du monde grâce à ses nombreux (et perpétuels) voyages, il est d'un caractère très différent de ses sœurs. Jusqu'à maintenant, il m'a été très difficile de cerner quel genre d'homme il est. Il est peu bavard, mais quand il converse, c'est de façon concise et avec une brusque franchise. Il semble observer et analyser chaque personne vivant sous son toit. Car ce sera *son* toit lorsque Lady Wolsey mourra.

Du garçon d'écurie jusqu'à la cousine Sandie, personne n'échappe à son regard scrutateur et pénétrant. On dirait qu'il peut lire jusqu'au fond de l'âme, mais qu'il garde la sienne bien cachée. C'est dérangeant, j'en ai eu un frisson dans le dos. Sa personnalité est peut-être intimidante, mais il est charmant pour les yeux. Grand, mince, des cheveux noirs, des yeux marron, une mâchoire bien découpée et une bouche expressive, faute de pouvoir décrire son âme, je ne manque pas de détail pour le reste de Lawrence Wolsey. Même décoiffé et en peignoir, il aurait l'air aussi digne que dans son complet fait sur mesure.

9 février 1921

Lady Wolsey m'a fait écrire une lettre pour chacun de ses enfants. C'est terriblement solennel et émouvant de recevoir les confessions, les remords, les conseils et les mots d'affections d'une vielle dame mourante pour ceux qu'elle sait bientôt quitter. Elle a peut-être été une mère dure et peu affectueuse mais n'importe qui serait touché par ces lettres ; moi encore plus qui vois avec quels efforts laborieux elle parle, avec quelles difficultés pénibles elle ouvre son cœur! Je n'ai pu retenir mes larmes en mettant sur papier les mots qu'elle exprimait faiblement mais qui étaient lourds de son message. C'est trop fort, je me remets encore à pleurer !

10 février 1921

Lady Wolsey m'avait envoyée au boudoir chercher un livre. Comme j'aime cet endroit, je ne pourrai jamais assez le répéter! En le feuilletant, des brins de muguet séchés et des pétales de roses jaunies s'en échappèrent. Sans trop savoir pourquoi, j'ai ouvert le livre et j'y ai lu cette dédicace: « À Adélaïde Edwards, avec tout mon amour. Avec affection, Blair Hetherington » Je ne voulais pas être indiscrète et je ne cherchais certainement pas à découvrir quelque chose sur sa vie privée. Mal à l'aise en imaginant malgré moi une jeune Adelaïde, avant de devenir Lady Wolsey, vivant une idylle avec un certain Blair Hetherington, je me demandais, tout en ramassant les fleurs, quelles raisons et quelles circonstances avaient incité Lady Wolsey à les y mettre.

En me relevant, Lord Wolsey se tenait devant moi. L'apparition d'un spectre ne m'aurait pas plus surpris. Apparemment, il y a une autre porte dissimulée dans ce boudoir, qui donne sur une autre chambre. (Honnêtement, je n'ai rien d'un détective, ces détails m'échappent tout à fait !) M'attendant à une remarque mordante sur l'inconvenance de ma présence dans cette pièce, je cherchais désespérément quelque chose à répondre mais il paraissait aussi interdit que moi. Puis, il s'est excusé de m'avoir épouvanté, en vrai gentleman. J'aurais su quoi répondre s'il m'avait dit quelques paroles désagréables mais sa politesse sincère m'a embarrassée. Je n'ai pu que bégayer pour m'excuser et retourner auprès de Lady Wolsey le plus vite possible.

En commençant la lecture pour Lady Wolsey, elle soupira tristement.

« Je vais bientôt mourir, je le sens », dit-elle.

Je me mis à pleurer. Je n'avais pas honte de montrer mes sentiments à cette dame mourante.

« Pourquoi pleurer sur une vieille chipie comme moi ? Je n'en vaut pas la peine, reprit-elle.

— À quoi sert-il de s'attacher aux gens, d'apprendre à les connaître et à les aimer, quand ils vous sont arrachés ou qu'ils vous délaissent ? Aimer est une chose trop cruelle », lui avouais-je.

Après un moment de réflexion, Lady Wolsey chercha mon bras de sa main valide.

« Ne rejetez pas l'amour hors de votre vie, jeune fille, murmura-t-elle en me serrant faiblement. Une vie où l'on n'a rien aimé est une vie vide et pas vécue. J'avais un caractère semblable au vôtre, il y a longtemps de cela, et j'ai laissé les préjugés m'obliger à oublier mon cœur et me priver du bonheur par devoir. »

Elle fit une pause pour reprendre haleine. Elle s'épuisait à tant parler mais ses yeux brillaient. Cela lui faisait du bien. Je la laissai continuer.

« Vous êtes une personne remarquable, Julia. Si je n'étais pas si faible et malade... Je saurais bien vous empêcher de faire la même bêtise que moi par devoir... Qu'est-ce que le devoir ? Un sens déformé de ce que l'on croit être l'ordre inexorable des choses. Quand on aime vraiment, il n'y a pas de mésalliance... J'ai étouffé mon cœur. Peut-être ai-je déjà trop parlé... »

13 février 1921

Lady Wolsey refuse de manger et de boire. Elle est prête. Elle a fait la paix avec elle-même et avec les siens à travers ses lettres. En bas, au salon, les disputes sur l'héritage ont déjà commencé. Ce sont surtout Margaret et Alice qui se chamaillent, bien que Sandie s'en mêle également. Même les napperons crochetés font partis des biens en querelles! Des enfantillages que tout cela ! Il est honteux d'agir de la sorte et qui plus est alors que la principale intéressée n'est pas encore morte!

Après les querelles, les crises de larmes et les hystéries règnent. Ce sont les moments où Lord Wolsey se moque sans pitié de ses sœurs. Par contre, quand le calme est revenu, il les serre dans ses bras avec quelques paroles réconfortantes. Quel caractère étrange ! Je n'arrive pas à déterminer s'il fait semblant d'avoir du cœur ou s'il cache sa nature généreuse derrière un masque d'ironie. Il a peur de montrer ses sentiments, comme la plupart des hommes !

Sandie aimerait bien avoir sa part du gâteau. Cela crève les yeux qu'elle veut mettre le grappin sur Lord Wolsey. Le manoir, son domaine et ses terres qui rapportent certainement plusieurs milliers de livres ne sont pas des biens négligeables. Avec sa taille fine, ses battements de cils à déstabiliser un cœur de pierre et ses manières raffinées de la ville, Sandie a vraiment toutes les chances de son côté. Il ne pourra rester insensible à tant de charme et d'astuces féminines. Il tombera dans le panneau comme d'autres avant lui. Ils feront un couple parfaitement mal assortis. Lui, sarcastique et intransigeant, et elle, pétillante et écervelée. Parfait. Je les plains vraiment.

15 février 1921

La belle Sandie ne réussit pas à émouvoir le fils de Lady Wolsey. J'admire autant la persévérance de la belle que la plus totale indifférence que Lawrence affiche. (Je me permets de l'appeler par son prénom dans mes pensées mais ma conscience essaie de me l'interdire.) En fait, il est plus attentionné pour son chien ou son cheval que pour elle. Je la plaindrais presque, si seulement elle m'inspirait une once de sympathie. Cependant, je suis étrangement heureuse que Lawrence ait assez de bon sens pour voir son jeu et s'en désintéresser. Autrement il n'aurait pas été à la hauteur de mes idéaux. Une subalterne salariée qui n'est que de passage ne devrait cependant pas se permettre de telles pensées. J'en suis confuse.

Lady Wolsey soupire et s'agite sans arrêt. Si je pouvais simplement comprendre ce qu'elle semble chercher et vouloir ! Sachant que la fin approche, ses enfants viennent la visiter régulièrement. Dans cette chambre de la mort, ils sont tous muets ou presque, mais une fois hors des murs où leur mère est confinée, ils éclatent. Margaret s'en prend à ses enfants avec des hurlements retentissants, Alice reprend les domestiques pour des bagatelles, et Lawrence trouve toujours l'occasion de glisser une remarque ironique et froide à l'intention de Sandie.

16 février 1921

En cherchant des fleurs pour Lady Wolsey, j'ai aperçu Sandie dans la pinède. Elle aussi sort souvent mais c'est pour marivauder avec le garçon d'écurie, Gerry. Même moi, qui ne pèse pas beaucoup dans la balance des classes sociales, ne pourrais m'abaisser à m'associer avec un tel personnage. Il est grossier et repoussant, paresseux, il parle la bouche pleine, il chique, il crache, mais il se vante d'avoir un don que je ne mentionnerai pas pour plaire aux filles faciles. Voilà, c'est dit : Sandie est une dévergondée. Elle prend de gros risques car ici tout se sait éventuellement... Ce n'est pas moi qui répéterai ce que j'ai vu. Elle m'écorcherait vif si elle le savait!

Plus loin dans la pinède, une bande de gélinottes s'est envolée à mon approche. Je ne sais honnêtement pas qui, des oiseaux ou de moi, étaient le plus terrifiés. De surprise en surprise, j'ai ensuite aperçu Lord Wolsey lui-même, son fusil sur l'épaule et son chien à sa suite. Je devais avoir l'air ridicule, les cheveux humides d'avoir erré dans la brume, une brassée de fleurs plein les bras. Après les politesses d'usage (cette affabilité qu'il démontre si rarement me déroute complètement), il voulut savoir si j'avais aperçu John, le garde forestier, ainsi que son fils, avec lesquels il chassait le petit gibier. Ils s'étaient séparés pour rabattre un groupe de gélinottes (celles-là, je les avais vus !) et ils ne les retrouvaient plus depuis, dans les méandres des innombrables sentiers.

M'apprêtant à poursuivre mon chemin puisque je ne pouvais lui être d'aucune aide, il m'avisa qu'il me serait plus prudent de rentrer.

« Le fils de John est un tout jeune adolescent, un peu nerveux, qui pourrait aisément prendre une jeune femme pour une biche. Pas de protestations, je vous raccompagne jusqu'au manoir, miss Reid. »

Je me sentais humiliée. Me faire raccompagner de force ainsi, comme une gamine qu'on doit protéger, m'irritait également mais j'étais aussi touchée par son souci pour mon bien-être.

« Les fleurs sont pour la chambre de Lady Wolsey. Elle aime les violettes et les primevères » dis-je, ne supportant pas le silence en plus du malaise de marcher côte à côte avec cet homme qui pourrait aisément exercer sur moi une influence transcendante.

« Vous avez le talent d'apprendre à connaître les gens en peu de temps, miss Reid.

— Seulement si je me sens une affinité avec eux et s'ils le veulent bien.

— Et moi, avez-vous découvert qui je suis? »

Je l'ai examiné, pour voir s'il parlait sérieusement. Sa bouche était moqueuse mais son regard franc essayait de détailler mon âme. Il était si près de moi que je reculai instinctivement. Je ne voulais pas agir en idiote ni regretter une expression acerbe qui aurait pu m'échapper en ce moment. J'étais prête à parer à toute parole ou à tout geste inapproprié de sa part. Je ne le croyais cependant pas être mal intentionné. Pourtant d'autres avant moi s'étaient sans aucun doute laissées embobiner dans une amourette ridicule avec le maître des lieux et je ne voulais absolument pas être de celles-là !

« J'aperçois le manoir maintenant. Je vous remercie de votre sollicitude Lord Wolsey mais je dois me hâter de mettre ces fleurs dans un vase si je veux que Lady Wolsey en bénéficie. Au revoir. »

La belle Sandie trouverait offusquant d'être comparée à une biche, mais dans mon cas, je trouve la comparaison agréable.

17 février 1921

Il fait très doux aujourd'hui. Un joyeux soleil fait fondre les dernières plaques de neige. Cette douceur printanière est une insulte à la souffrance de Lady Wolsey. Assise en silence à son chevet, je ne peux que constater avec tous mes sens que la mort s'empare lentement d'elle. Sa respiration laborieuse, son immobilité, son front marqué par l'anxiété, l'odeur de la mort planant dans chaque recoin de la chambre, il est évident qu'elle nous quittera sous peu. Puis soudainement, elle a dit très clairement : « Mes enfants ne rient pas, je ne les entends pas, ils ne m'aiment pas. »

Une idée a traversé mon esprit. J'ai filé en vitesse et aie demandé à Sandie de laisser les enfants de Margaret s'amuser dehors sous les fenêtres de la chambre de Lady Wolsey, sans les restreindre de faire du bruit. Elle a retroussé le nez et tourné les talons mais elle l'a tout de même fait. J'ai un peu de crédit comme soignante depuis l'histoire du rosbif. J'ai entrouvert les fenêtres pour que Lady Wolsey puisse entendre ses petits-enfants jouant dans la cour. Leurs rires cristallins étaient réjouissants, un baume pour le cœur. Apaisée, Lady Wolsey ne paraissait plus aussi angoissée, à mon grand soulagement.

18 février 1921

La chère vieille dame est morte dans son sommeil hier après-midi. Je n'ai pas eu à insister auprès de Margaret et Alice pour qu'on me laisse le soin de préparer son corps en vue de la veillée. Elles ne voulaient évidemment pas le faire et je n'aurais pas souffert que Grace, Fanny ou qui que ce soit d'autre ne le fasse. Les domestiques sont comme des vautours, se rassasiant de chaque détail sur l'infortune et le malheur de celle pour qui ils ont travaillé. Il y a tant à faire que mon corps et mon esprit en sont engourdis. C'est mieux ainsi. J'ai hâte que tout cela soit terminé mais je me sens étrangement accablée d'avoir à quitter ce manoir.

20 février 1921

Toutes les ramifications des branches de la famille sont venues. Les voisins sont venus. Puis Lady Wolsey a été mise en terre, auprès du défunt Lord Wolsey. Pendant que Margaret pleurait hystériquement et qu'Alice serrait son mouchoir si fort qu'elle en aurait des crampes, je me suis imaginé que le bel homme aux cheveux gris qui se tenait à l'écart de la foule devait être Blair Hetherington, un simple ouvrier au regard doux qui n'avait pas oublié sa flamme de jeunesse.

De retour au manoir, je suis montée à la chambre de Lady Wolsey. J'ai refusé à tous l'accès à la chambre. Je tenais à être seule pour changer et refaire une dernière fois le lit de la dame que j'avais appris à connaître et aimer. En enlevant les draps, de grosses larmes coulaient de mes yeux, à tel point que je travaillais à cette dernière tâche à tâtons. Les larmes n'enlevaient pas la peine mais soulageaient un peu la douleur. Je voulais me souvenir de Lady Wolsey, de ses paroles et des moments passés en sa compagnie. Pleurer en accomplissant ces derniers gestes avant de partir était mon hommage pour elle. J'étais si absorbée par le bruit de mes propres sanglots que je n'ai rien entendu et qu'en rencontrant une main tirant les draps de concert sous la mienne, j'ai sursauté et aie promptement essuyé mes yeux pour voir qui, de la bonne ou de la femme de chambre, avait osé entrer malgré mon interdiction. Mais je me trompais. C'était Lord Wolsey.

Je l'ai ignoré et ai commencé à battre le matelas avec plus de vigueur que nécessaire.

« Miss Reid, laissez-moi vous aider, commença-t-il doucement.

— Qu'est-ce qui vous fait croire (reniflement) que j'aie besoin d'aide », répliquai-je en arrosant de plus belle le matelas de larmes.

« Miss Reid, Julia, je vous ai observé longuement. Vous êtes fière, indépendante. Le genre de femme qui n'admettra jamais avoir besoin d'aide, de... »

Je l'interrompis en me mouchant bruyamment, pour ensuite donner une dernière secousse au matelas. Je l'ignorais toujours en plaçant les nouveaux draps sur le lit. Il me les arracha presque des mains et m'aida à les étendre et les lisser en place. Le geste était touchant. Lui qui n'avait pas l'habitude de tâche si humble se prêtait modestement à cet ouvrage.

« Julia, reprit-il, vous n'admettrez jamais avoir besoin d'aide ou même avoir besoin de quelqu'un dans votre vie. Vous êtes jeune, c'est ce à quoi, naturellement, vous aspirez tout en niant l'évidence. Vous croyez sans doute vous suffire à vous-même, alors que ces larmes que vous versez sont la preuve irréfutable de votre besoin d'être entourée de gens qui vous chérisse et vous estime.

— Vous ne savez rien de moi, lui répondis-je, presque sauvagement. Qu'est-ce qui vous permet, ici, sur le lit de mort de votre mère, de me dire de telles choses ?

— Vous avez raison, je ne vous connais pas aussi bien que je le voudrais. Mais je peux comprendre que pour votre sens aigu de ce qui est droit, mes paroles vous semblent inadmissibles. Je reconnais moi-même l'incongruité de la situation, admit-il, mais dans quelques heures vous partirez d'ici sans regarder en arrière et je ne peux vous laisser faire cela avant que vous ne m'ayez écouté. Mais laissez donc ces rideaux où ils sont et restez tranquille un instant !

— Je n'ai pas terminé ! »

Me prenant par les épaules, il me fit gentiment mais fermement lui faire face.

« Vous entendrez tout de même ce que j'ai à vous dire. Je vous connais Julia. Vous êtes d'une franchise tranchante et cela sans rien dire : vos actions parlent pour vous. Vous êtes d'une honnêteté et d'une intégrité irréprochable. Vous avez soigné ma mère et êtes restée à ses côtés avec plus de loyauté que ses propres enfants.

— Puisque vous êtes là, l'interrompis-je en cherchant à mettre plus de distance entre nous, voulez-vous bien m'aider à bouger cette armoire ? »

— Vous êtes impossible ! s'exclama-t-il tout en m'aidant. Pourtant, cela ne fait qu'accroître mon admiration pour vous. Ma mère avait raison : vous êtes une femme remarquable Julia. Ah ! J'ai votre attention maintenant ! Je suis resté plusieurs minutes dans le boudoir de ma mère après vous y avoir rencontré la semaine dernière. J'ai entendu pleurer et cela m'inquiétant, j'ai entrebâillé doucement la porte. Vous pouvez m'accuser d'indiscrétion, je m'en moque. Ma mère avait raison sur u autre point également : même si cela nous cause parfois du chagrin, l'amour est essentiel à la vie et ne connaît pas de distinction sociale. Ce que j'essaie de vous dire, c'est que je n'ai jamais ressentis aussi clairement que maintenant que votre âme et l'énergie de votre caractère sont ce à quoi j'ai toujours aspiré de rencontrer un jour et que je désespérais de ne jamais trouver. Cela peut vous paraître précipité, mais il me semble vous connaître depuis longtemps. Nous sommes assortis et vous le savez aussi. Mais vous êtes là, considérant comme impossible ce que vous entendez alors que je vous affirme que c'est possible Julia, et je vous demande de m'accorder l'opportunité de vous le prouvez. »

Abasourdie par ses révélations, mes forces s'amenuisaient. Il se tenait à une distance respectueuse mais il lui aurait suffi d'un pas pour me rejoindre. Il attendait un mot, un signe de ma part. Mon esprit de réparti chancelait, mais je trouvai une dernière parade pour protéger mes barrières affaiblies.

« Vous êtes ridicule ! Vous m'offrez un conte de fée et il y a longtemps que je ne crois plus à ces êtres imaginaires, Lord Wolsey.

— Vous ne me prenez donc jamais au sérieux ? Donnez-moi cet oreiller ! Vous mériteriez que je vous en roue de coups ! »

Mi- sérieux, mi- moqueur, je sentais pointer déception et désespoir dans le ton de sa voix et dans son regard car je pouvais enfin lire son âme dans ses yeux. Il parlait sincèrement, sérieusement. Il n'y avait plus de façade.

Dès le début, j'avais été attirée par cet homme et je l'admirais pour tout ce qu'il était, malgré le fait de le croire destiné à une autre que moi. Je n'avais cessé de me répéter cette phrase, d'ailleurs, pour garder mon inclination en bride. Ma raison et mon cœur firent chacun des compromis et je me décidai à suivre les conseils de Lady Wolsey. Lawrence en valait la peine et j'étais réellement touchée par sa candeur.

« Remettez cet oreiller à sa place, il ne vous sera pas nécessaire, lui répondis-je finalement. Je vous accorde cette opportunité que vous me demandez, à la condition que vous ne surgissiez plus à tout moment comme une apparition pour m'effrayer et que vous me laissiez terminer de ranger cette chambre sans interruption. Et aussi que vous usiez toujours de ce franc-parler avec moi.

— Cela fait plus d'une condition, fit-il remarquer avec un soupir de soulagement, mais votre entêtement est adorable et j'accepte vos conditions.

— Nous allons bien nous entendre alors. »

LES TROIS VEUVES CALABRAISES

Scilla, Reggio de Calabre, Italie

C eci est l'histoire d'une idylle, mais avant tout, c'est le récit de votre séjour en Calabre. Suivant les recommandations de votre vieil ami Tony, vous avez loué pour l'été une chambre dans le modeste village méditerranéen où votre ami a vu le jour. Pour vous qui avez vendu et réparé des chaussures toute votre vie dans une grande métropole, c'est l'occasion unique de visiter le pays célèbre pour ses souliers de cuirs et de vivre au rythme tranquille d'un petit village de pêche.

Le train qui vous conduit de l'aéroport jusqu'à votre destination vous permet de découvrir un fascinant paysage de montagnes, d'abord discrètes et arrondies, puis de plus en plus abruptes, émergeant d'une mer d'un bleu incroyable. Par endroit, le sol est noirci par des feux de broussaille que la chaleur presque insupportable attise immanquablement. Puis ce sont des oasis de verdures qui se succèdent, d'immenses plantations de citrons, d'olives ou de bergamotes, entrecoupées de parcelles arides. Les maisons aux toits de tuiles sont reliées par des cordes d'où pend la lessive du jour. De grandes sections de forêts sont coupées et vous apprenez que ce sont des châtaigniers qui sont exportés en Sicile pour servir de combustible.

La voie ferrée s'enfonce profondément dans les entrailles des montagnes pour en ressortir, semblant suspendues au-dessus des ravins à une hauteur qui devrait être prohibée. Vous ne souffrez pas de vertige pourtant, mais il y a tout de même des limites ! Dans le haut-parleur, la douce voix d'une hôtesse indique le nom des stations que vous passez. Vous ne comprenez pas le quart de ce que vous entendez mais quelle importance ! Votre immersion dans la culture italienne commence.

Vous êtes finalement à destination. Peu familier avec la ville, vous prenez un taxi qui vous conduit jusqu'au bout du chemin, littéralement. La chaussée se rétrécie au point de devenir une minuscule ruelle où bicyclettes, motocyclettes et piétons se partagent l'espace disponible. Vous devez donc continuer à pieds, ce qui vous va à merveille après la frayeur que vous a causé la vitesse à laquelle le chauffeur de taxi vous a conduit. (Vous apprendrez plus tard que c'est le seul corps de métier qui va vite en Italie.) Entre deux maisons, étroites et élevées, un relent d'eau salée monte jusqu'à vous. Un pêcheur démêle ses filets auprès de sa barque. Dans la rue, boutiques coûteuses et restaurants pour vacanciers se succèdent. Au-dessus, des balcons fleuris ornent les logis.

Voilà la fontaine dont vous a parlé Tony. Une alcôve, taillée à même la falaise, dans laquelle l'eau coule délicieusement. Décoré d'un banc, cet endroit est planté de grands arbustes qui donnent ombrage et intimité au voyageur fatigué que vous êtes.

Votre destination n'est plus très loin maintenant. Voici l'enseigne arborant un poisson bleu. Vous y êtes! C'est l'heure du souper et le restaurant est bondé. Vous trimbalez tant bien que mal votre bagage entre les tables dans l'espoir d'attirer l'attention du propriétaire, de qui vous louez une chambre à l'étage. Votre hôte, Giuseppe, vous aperçoit enfin et vous accueille avec une embrassade sur chaque joue et une vigoureuse tape dans le dos. Il est plutôt courtaud et un peu trapu, et ses cheveux qu'il repeigne constamment sont grisonnants mais ses sourcils très noirs et broussailleux. Il vous entraîne à sa suite et vous présente à ses connaissances attablées. On vous serre la main une bonne douzaine de fois. Vous comprenez peu de choses à la conversation animée, sinon que Tony semble être bien connu et aimé de tous ici. Il vous présente sa femme, Maria.

Il vous présente ensuite sa fille qui est en charge d'un peu tout dans le restaurant. « *Mia figlia*, elle aide vous. Elle parle français. » Elle s'appelle Sofia. Elle vous sert un bon repas et vous conduit à votre chambre. « On se parle plus demain, d'accord ? Bonne nuit. » Repus, épuisé, vous vous endormez au son des voix en bas et des vagues au dehors.

Vous êtes dérangé par le décalage horaire mais rien ne vous retiendra à l'intérieur par une si belle journée. Sofia vous suggère quelques endroits à visiter et vous recommande de porter un chapeau et de boire beaucoup d'eau car la journée sera étouffante. La ruelle où vous logez débouche sur la marina mais vous décidez de réserver cette promenade pour votre retour. Vous visitez d'abord la forteresse qui a attiré votre attention, accrochée sur son cap dominant la ville et surplombant la mer. C'est maintenant un musée où vous trouvez des bribes d'information sur l'histoire de la ville et de la région. La vue sur les créneaux y est superbe. Vous ne vous lassez pas d'admirer la couleur de l'eau. Entre vous et la Sicile, petites barques de pêche, paquebots de croisière et super cargos se côtoient dans le détroit. C'est incroyable ! Puis vous êtes terrifié en imaginant ce que l'on doit ressentir dans la petite barque de pêche en côtoyant ces mastodontes des mers.

Un labyrinthe d'escaliers s'entrecoupant dans toutes les directions vous promet des heures d'exploration. Ces marches-ci sont baignées de soleil, aérées et accueillantes. Celles-là s'enfoncent entre les bâtiments, sous les rues, humides, sombres, passant dans l'arrière-cour de gens qui vous regardent en balayant vigoureusement leur seuil. Il vous semble les entendre chuchoter dans votre dos. Des images d'une certaine trilogie cinématographique vous reviennent à l'esprit et vous frissonner un peu. Mieux vaut retourner à la lumière du soleil. D'ailleurs, pour vous amuser plus que par curiosité, vous avez interrogé votre hôte sur cette fameuse Mafia mais les résultats restent peu conclusifs. « Mafia, non, non, pas de Mafia. »

Vous goûtez à votre premier vrai *gelato*. Rien à voir avec la glace artisanale vendue dans votre ville de l'autre côté de l'Océan. Des touristes d'un peu partout flânent en se dirigeant vers la plage où des parasols plantés en rang les attendent. Les voitures roulent pare-chocs à pare-chocs dans les artères principales et les panneaux de signalisation se font rares. Pourtant, il n'y a pas signe d'accident, c'est-à-dire, pas jusqu'à maintenant.

En marchant le long de la plage, qui n'est pas faite de sable mais de cailloux ronds et lisses, vous écoutez le bruit assourdissant de ces milliers de menues roches roulant les unes contre les autres sous l'effet des vagues puissantes de la Méditerranée. La faim commence à vous tenailler et la chaleur humide vous incommode. Il est plus sage de rentrer pour vous restaurer et faire la sieste comme les locaux.

Vous apercevez enfin la porte montant à l'étage au-dessus du restaurant mais trois chiens vous en bloquent l'accès, étendus dans l'ombre entre les bâtisses. Ils ne vous entravent pas réellement la route mais vous avez une certaine crainte de la race canine. Toutefois, vous devez admettre qu'ils sont plutôt comiques à voir. Un petit beige à poils très court dort roulé en boule. Un moyen au dos caramel et au ventre blanc est allongé paisiblement. Le dernier est tout noir, très poilus, très gros et très réveillé. Il ne vous quitte pas des yeux mais ne bronche pas quand vous passez devant lui avec précautions. Vous comptez bien découvrir à qui appartiennent ces bêtes.

La prévenante Sofia vous avait réservée une table. Elle s'assoit quelques instants avec vous pour discuter de votre matinée.

« Vous ne savez peut-être pas, mais le nom de la ville nous vient de la mythologie. Vous avez entendu parler d'Ulysse et de son Odyssée ? On dit que c'est ici, dans le détroit de Messine, que se trouvaient les monstres Charybde et Scylla. Scylla était une nymphe d'une beauté extraordinaire qui fut changée en monstre à six têtes effroyables, ayant chacune trois rangées de dents. Horrifiée par son aspect, elle se terra dans une caverne, d'où elle pouvait attraper animaux et marins de ses féroces têtes. Demain, Luigi vous emmènera dans son bateau pour vous faire voir la côte. Vous allez comprendre pourquoi les marins de l'antiquité croyaient en la présence d'êtres monstrueux dans ce détroit. »

Le tout était dit avec légèreté et un magnifique sourire mais n'avait rien de rassurant. Déjà, votre cerveau fabriquait mille excuses pour vous éviter la redoutée sortie en mer. Pourtant, vous en saviez assez sur la culture italienne pour savoir que Luigi, probablement un ami de la famille, serait profondément offensé si vous refusiez cette promenade avec lui.

Vous profitez de l'occasion pour demander à Sofia à qui appartiennent les trois chiens dans l'allée. « À nos voisines, trois vieilles dames très sympathiques. Elles gagnent à être connues et aiment raconter leurs histoires. Vous étiez intéressé par la Mafia ? Si vous savez bien observer et écouter, vous comprendrez. » Décidément, cette jeune femme était de plus en plus sibylline.

À la marina, vous admirez les bateaux spécialement conçus pour la pêche à l'espadon, ainsi que la bravoure de ceux qui se tiennent tout en haut du mât ou au bout de cette longue et étroite passerelle s'avançant au-dessus de la mer. Qu'est-ce que ça doit être de s'y tenir par une journée houleuse !

Entre les yachts et les barques à l'ancre, à l'abri du ressac derrière d'énormes blocs entassés par l'homme en une sorte de promontoire, circulent des créatures aquatiques dans l'eau couleur d'azur. Au fond, vous apercevez de petits poissons colorés qui gardent une saine distance entre eux et les méduses aussi fascinantes qu'écœurantes qui ondulent plus en surface. Maintenant vous comprenez pourquoi les enfants criaient à la plage en se ruant hors de l'eau. Personne n'aime se frotter à ces ombrelles urticantes.

Luigi vous fait monter à bord de son solide yacht et l'expérience terrifiante de la traversée du Détroit de Messine commence. Entre les traversiers, cargos et paquebots, les vagues prennent des dimensions monstrueuses et vous êtes ballotté dans ce qui vous semble maintenant être une coquille de noix. L'eau frappe la coque avec dureté et vous abreuve d'écume. Ça vous rappelle un extrait des impressions de voyage d'Alexandre Dumas dans ce même coin de pays. Vous remerciez silencieusement Luigi de faire demi-tour, plus à cause de votre mine alarmée que de la mer pourrie. Vous repassez devant la ville qui, vue du large, semble onduler, se replier sur elle-même et se déplier jusqu'au rivage.

Plus loin, le paysage offre un agréable mélange de vie et de désolation. À une ville verdoyante à fleur d'eau succèdent des falaises abruptes où seuls quelques cactus poussent. Ces formations rocheuses créent baies et criques où le voyageur épris de solitude peut se recueillir.

Votre guide fait halte dans l'une de ces anses pour partager avec vous un verre de vin et un sandwich comme seuls les italiens savent en faire. Malheureusement, vous découvrez que vous n'avez pas le pied très marin ! Dès que l'embarcation s'immobilise, vous êtes saisi de nausée. Vous soliloquez sur l'étrangeté de vous être senti parfaitement d'aplomb dans le tangage épouvantable du Détroit alors que vous vous sentez affreusement mal dans le calme de l'anse. Vous en demanderiez la raison à Luigi, mais celui-ci ne comprend rien à vos pathétiques tentatives de communiquer dans sa langue.

De retour sur la terre ferme, le courage et les forces vous manque pour continuer votre exploration des environs. De plus, vous avez un vilain coup de soleil. Giuseppe blâme Sofia de ne pas vous avoir mis en garde contre les effets sournois du soleil en mer. Après avoir répondu avec autant de force aux jérémiades de son père, elle vous procure de la lotion après-soleil et des compresses froides pour se racheter. Votre visite à la montagne devra attendre à plus tard.

Le lendemain matin, la douleur vous éveille tôt, rappel cruel de votre peau brûlée. Étendu à plat ventre, vous ne savez pas ce que vous pourrez faire de vous-même quand un détail vous revient à l'esprit. Sofia vous avait parlé dans un même souffle des voisines et de la Mafia et de savoir écouter et observer. Or, par cette journée trop chaude pour remuer même les orteils, l'idée vous vient d'en faire une journée d'*observation*. Sous l'auvent de la terrasse, devant un pichet de vin et une coupe de *granita* au citron, vous vous appliquez à prétendre être absorbé dans la lecture d'un livre.

Votre patience dans cette chaleur infernale paie vite. Un homme dans la quarantaine, à la mine patibulaire et renfrognée, pas rasé, tout à fait le type que vous imaginiez, c'est tout juste s'il n'a pas le mot *Mafia* tatoué sur son front, vient visiter la dame au chien noir. Celle-ci, vous l'avez appris hier, occupe le bas de la maison voisine, dont l'accès se situe face à la marina, non face à la rue. Le malabar disparaît dans l'allée et en ressort bientôt avec la dame et son chien. En y regardant de plus près, la maîtresse ressemble beaucoup à son chien : cheveux noirs, regard misanthrope, peu loquace. Curieusement, le dur à cuire lui ressemble aussi. Ce doit être son fils, pensez-vous. Ils marchent ensemble en direction du labyrinthe d'escalier.

Pendant que vous réfléchissez, un autre homme, dans la cinquantaine, vient rendre visite à la dame au chien beige. Celle-là habite le plancher principal, donnant sur la rue. Il est bien mis et paraît être un honnête homme, souriant amicalement aux passants. On pourrait facilement croire que c'est un homme d'affaire. Il est chargé de sacs d'épiceries qu'il dépose chez la dame au chien beige. Elle est assise à l'intérieur, sa porte ouverte pour regarder passer les gens. Son chien est roulé en boule à ses pieds, indifférent au visiteur. La dame a de beaux cheveux blancs ramenés en chignon. Son visage est doux et calme et un peu vide. Il s'installe une chaise auprès d'elle et discute, mais monologue serait plus exact, quelques minutes avant de repartir en secouant la tête tristement. La vieille dame n'a pas bougé, elle arbore toujours le même visage partagé entre vacuité et douceur, comme si elle était distante, dans un autre monde, pour échapper à quelque chose.

Que de choses vous vous imaginez alors ! Vous leur inventez des noms, une vie, des drames et des comédies. Allons, allons ! Vous avez passez l'âge de telles fabulations. Vous demanderez à Sofia des explications sur tout cela. La voici justement qui accourt sur la terrasse, comme dans l'attente de quelqu'un, mais ce n'est qu'une mobylette qui passe. Rentrant aussi vite qu'elle est sorti, vous discernez qu'elle aussi est entourée d'un mystère que vous comptez bien éclaircir.

Après un repas frugal, c'est que vous savez que le repas du soir sera trop copieux, comme d'habitude, vous reprenez votre *lecture*. La dame au chien noir revient avec son fils, que vous évitez à tout prix de regarder pour ne pas établir de contact visuel. Lui aussi est allé faire l'épicerie pour sa *Mama*. Que de grands garçons dévoués et attentionnés ici ! Lui aussi repart aussitôt, l'air éternellement bourru et inquiétant.

C'est l'heure de la sieste. Les bruits de la ville diminuent sans toutefois s'arrêter complètement. Jusqu'à maintenant, vous avez pu supporter la chaleur grâce à la diligence de Sofia à remplir votre coupe de *granita* citronnée. Vous vous apprêtez pourtant à battre en retraite devant le calme étouffant quand une motocyclette passe en vrombissant devant la terrasse pour aller s'éteindre paisiblement devant le bâtiment voisin. Un jeune homme en descend, secoue ses cheveux bruns et monte chez la dame au chien caramel. Il n'a pas encore trente ans, ça ne peut être le fils de cette gentille dame toute menue et ridée qui marche souvent avec son chien jusqu'à la marina. Elle est sûrement sa *Nona*, sa grand-mère.

Les voilà tous les deux qui sortent, le chien gambadant joyeusement entre eux. Elle pointe du doigt un coin ensoleillé de la terrasse et il sort des outils d'une boite de plastique fixée à l'arrière de sa mobylette. Puis il repart mais revient presque aussitôt avec des morceaux de bois de diverses longueurs. Il scie, il perce, il visse et bientôt un bac à fleurs émerge de ses mains. La vieille dame trépigne de joie et l'embrasse sur les deux joues. Le jeune homme la serre dans ses bras et se met à créer un second récipient du même genre. Alors vous voyez Sofia qui va offrir une *granita* au jeune homme, par gentillesse, car il fait chaud, mine de rien. Mais vous ne vous y trompez pas! C'est pour ce jeune homme et sa motocyclette que Sofia tendait l'oreille. Enfin, tous trois, solennellement, plante fleurs et fines herbes dans ces nouvelles jardinières et entre chez la dame pour se rafraîchir.

Le reste de la journée se déroule sans incident digne d'être signalé. Vous ratez l'occasion de parler avec Sofia sur ce que vous avez pu observer, ou peut-être vous évite-t-elle à dessein. Toujours incommodé par votre peau à vif, vous montez tôt pour vous allonger et vous tapisser de compresses d'eau froide. Il doit être tard dans la nuit quand le bruit de sanglots étouffés parvient jusqu'à vous. Vous ne cherchez pas longtemps dans les pénombres de la nuit : la fenêtre de la vieille dame au chien caramel est illuminée et donne presque exactement sur la vôtre. La scène que vous y voyez est touchante.

La tête enfouie dans ses mains, Sofia semble plaider une cause perdue. La vieille dame s'assoit en face d'elle et lui donne une tasse de café, une de ces petites tasses ridiculement petites mais, vous l'avez appris à vos dépend, qui contient du café qui ferait rougir de la dynamite. Elle secoue doucement la tête et raconte quelque chose qui implique se frapper la poitrine à plusieurs reprises. C'est clair comme de l'eau de roche.

Quelques jours de repos plus tard, vous vous sentez assez d'aplomb pour monter la montagne jusqu'au petit village. Vous pensez pouvoir accomplir cet exploit à pieds mais votre hôte, sans vous en dissuader, sait bien que vous n'y arriverez pas seul. Il vous remet une bouteille d'eau et vous partez tôt, avant que la brume ne se soit complètement dissipé des sommets vers lesquels vous allez. Une heure plus tard, la chaleur est déjà difficile à supporter, accrue par l'effort intense que vous exercez. Vous levez les yeux vers le haut de la montagne, qui semble toujours plus loin, puis vous regardez la courte distance que vous avez parcouru, plus découragé que vous n'osez l'admettre, lorsque vous apercevez la camionnette de Giuseppe, pétaradant sur la pente raide dans votre direction. Sans un mot, il se gare et vous ouvre la portière. Il pointe vers les poissons à l'arrière puis pointe vers le chemin zigzagant vers le haut. Vous murmurez un remerciement en vous épongeant le front.

À la mi-chemin, vous remplissez votre bouteille d'eau à même la source qui sort du flanc de la montagne, et Giuseppe rempli également de grosses cruches d'eau, car les pâtes goûtent meilleur quand elles sont cuites dans de l'eau de source, réussi-t-il à vous faire comprendre. C'est évident, pensez-vous. De même que le saucisson de Calabre est meilleur vieillit à l'air des montagnes Calabraises.

Plus vous montez, plus la végétation change. D'abord plus éclairci et aride, vous voyez les cactus-poire être remplacés par des figuiers, les broussailles par des bosquets verdoyants. Puis les arbres, s'ils ne sont pas de jeunes repousses là où le feu a déjà passé, prennent de la hauteur et de l'ampleur. La forêt est dense par endroit, fournit en arbres feuillus. Encore plus haut, les pins à pignons poussent. On vous montre comment en extraire les noix, les écrasant avec juste assez de force pour briser la coquille mais pas trop pour pulvériser l'amande. Cela vous semble beaucoup trop de travail pour un si petit résultat. Mais puisque c'est l'ingrédient essentiel du pesto de votre hôte, vous l'aider à cette tâche fastidieuse.

Dans le village au sommet de la montagne (cela vous paraît être le sommet mais vous apprendrez bientôt que la route peut vous mener beaucoup plus haut encore), la vie semble être encore plus tranquille. Tout semble au ralentit. Les bougainvillées grimpent les murs blancs des maisons. Des lobélies en décorent les façades. Les hommes jardinent, les femmes jouent aux cartes, puis vice-versa. On prend un petit verre de vin avec le repas du midi, puis un *expresso* après la sieste. Les gens vous saluent comme si vous étiez un cousin venu de loin qu'ils revoient après une longue absence.

Vous partagez un repas de salades de tomates et de basilic arrosée d'huile d'olive et de sel, de pain frais (que vous trouvez pourtant très dur), de fromage et de vin rouge, évidemment, chez un ami de Giuseppe. Lui et sa femme sont honorés de votre visite et vous donne le grand tour de leur jardin où ils cultivent des tomates, des oignons, de la laitue, des pommes de terre, des citrons, des prunes, des figues, des noix de Grenoble, des vignes, des fines herbes de toutes sortes, du basilic au romarin jusqu'au laurier qui est en fait un arbuste d'une taille surprenante.

La vie champêtre vous apparaît si simple et si heureuse, d'autant plus que c'est maintenant l'heure de la sieste et que votre hôte d'un jour vous offre un hamac à l'ombre, sur le balcon faisant face à la mer et vous donnant vue sur le village deux milles pieds plus bas. Le Détroit de Messine se montre calme et inoffensif vu de votre hamac. Vous vous laissez bercer par la brise fraîche de la montagne et bénéficier d'un sommeil profond et récupérateur.

À votre réveil, vous entendez les voix animées de Giuseppe et de son ami. Le nom de Sofia est souvent mentionné. Par curiosité, vous tendez l'oreille mais n'apprenez pas grand-chose, sauf pour un autre nom mentionné à répétition : Alessandro.

À regret, vous quittez la montagne, la fraîcheur et l'air vivifiant où le temps s'écoule au compte-goutte. Vous bâtissez un rêve de retraite ici, à six cent mètres d'altitude, avec vu sur la Sicile et par jour clair, sur le volcan Stromboli. D'ailleurs, combien peut coûter cette jolie petite maison-là, en flanc de montagne ? Elle vous plaît beaucoup avec son toit en tuiles et ses volets aux fenêtres.

Quand Sofia vous sert votre repas, ce soir-là, vous l'invitez poliment à s'asseoir en face de vous. La soirée est tranquille, il y a peu de clients, et vous avez réussi à établir avec elle un lien de confiance. Elle parait bien fatiguée et vous en faites la remarque. Elle soupire.

« Oui, j'ai bien des soucis. Ne vous inquiétez pas à mon sujet. »

Dans un élan complètement hors de l'ordinaire et qui vous étonne de votre part, vous lui demander de vous parler d'Alessandro. Tout d'abord elle rougit, puis vous regarde comme si vous étiez un peu devin. En s'accoudant sur la table, elle approche son visage du vôtre, comme pour vous faire des confidences, mais elle vous donne une légère gifle sur la joue. Vous avez fait du progrès ! Elle vous considère comme de la famille, et vous en êtes venu à avoir des sentiments très paternels envers elle.

À votre tour, vous vous approchez d'elle. Vous ne lui cacher rien de ce que vous savez de sa romance avec Alessandro : de la conversation nocturne avec sa *Nona*, arrosée de larmes ; des expressions désapprobatrices de Giuseppe, tant dans sa voix que sur son visage, lors de votre visite en montagne ; de sa distraction à chaque mobylette qui passe.

Vous révisez ce que vous savez du jeune homme mentalement, d'après vos observation, un peu comme s'il allait vous demander la main de votre fille. Il est attentionné, à tout le moins à sa Grand-Mère. Il est travaillant. Il a de bonnes manières. Il paraît bien de sa personne. Pourquoi y a- t-il tant d'objections autour de cette romance ?

Sofia vous en donne la raison. Il n'a qu'un défaut, vous avoue-t-elle en se tordant les mains. C'est un défaut de cinq lettres qui gâchera à jamais l'impression que vous avez de lui : m-a-f-i-a. Même s'il ne veut en aucune façon en faire partie, (il pêche l'espadon comme profession), il est marqué par association, par son nom et sa famille. Toute l'Italie et la Sicile ne sont pas assez vastes pour leur permettre d'avoir un avenir commun sans soucis. Les familles, tant celle de Sofia que celle d'Alessandro s'y opposent. Et que peuvent-ils y faire, ces jeunes gens, puisqu'ils savent leurs obligations familiales plus fortes que la mort elle-même ?

Les jours passent et vous voyez la tristesse et la résignation chez Sofia. Vous visitez la dame au chien caramel, en bon voisin, et vous profitez de ces visites pour faire plus ample connaissance avec son petit-fils. Charmant jeune homme. Parfois, Sofia vous rejoint et vous partagez tous les quatre un *espresso* avec de minuscules biscuits appelés *amaretti*. Vous scrutez les faits et gestes d'Alessandro pendant ces plaisantes heures. Il traite Sofia avec respect, attention et intelligence. Mais ses yeux ne mentent pas. Admiration, résignation, frustration et amour y partagent les reflets à parts égales.

Votre séjour en Italie prends fin un pluvieux lundi matin. Par la fenêtre, vous regardez une dernière fois la dame au chien caramel, que vous ne connaissez sous d'autre nom que *Nona*. Elle fait rentrer son chien à l'intérieur, hors de la pluie incessante. Vous voyez la dame au chien noir, elle aussi à sa fenêtre. À force de lui sourire et de la saluer, vous avez réussi à vous faire reconnaitre d'elle. Vous lui envoyer la main une dernière fois et elle vous répond par un discret signe de la tête, l'air toujours aussi sévère. Quant à la dame au chien beige, vous lui avez déjà fait vos adieux la veille, el lui offrant un bouquet de fleurs et un gâteau cuisiné par Sofia.

Vous regardez une dernière fois les murs de ciment peint de votre chambre, le cadre un peu de travers, le couvre-lit aux couleurs de l'Italie, le plancher de tuiles. Un autre y verrait peut-être un décor trop peu recherché, trop simple. Vous y voyez le plus beau voyage qu'il vous ait été donné de faire. Sur le lit, vous déposez une enveloppe sur laquelle est écrit : *Sofia*.

Chère Sofia,

Du fond du cœur, merci pour des vacances aussi enrichissantes que divertissantes. J'ai grandement apprécié vos précieux conseils et suggestions. Veuillez faire part de ma gratitude à vos parents pour leur hospitalité et la légendaire cuisine italienne dont j'ai généreusement bénéficié. (Mon poids peut en attester !)

J'ai passé d'agréables moments en votre compagnie et en la compagnie de vos amis. J'aimerais un jour pouvoir vous rendre la pareille. Je vous offre l'usage de ma maison comme pied-à-terre pour vous et vos amis. (Par amis, je parle d'un ami en particulier qui est propriétaire d'une mobylette et de votre cœur.) Il me ferait grand plaisir de vous recevoir, et si vous et votre ami vous sentiez le désir de vous établir dans mon pays, je me ferai un devoir de vous y aider.

Avec mon éternelle gratitude et le souhait de votre bonheur.